## Zu diesem Buch

«Vor allem in den Träumen und Gedanken Organs und Kirisks, der beiden stärksten Figuren der Erzählung, ersteht eine magische Welt, die in der heutigen Sowjetliteratur sonst kaum anzutreffen ist. Diese Welt wird beherrscht von Geistern und Göttern verschiedener Art. Mythen und Legenden sind hier als Kulturgut noch lebendig. Da werden Wind- und Himmelgott angefleht, Schamanen verflucht und die bösen Geister an der Nase herumgeführt. Die Grenzen zwischen Traum und Realität fließen dabei oft ineinander über. Organs auf hoher See immer wiederkehrender erotischer Traum von der Fischfrau, die er über alles begehrt, die sich ihm aber ständig entwindet, nimmt für ihn oft schmerzhaft reale Züge an... In den Schlußszenen wird das Verhältnis des Menschen zur Natur zum Prüfstein der Humanität. Wie reagieren die Männer im Kampf mit der Natur, die sie zu vernichten droht? Gefaßt trägt nur der Alte sein Schicksal; ihm hilft nebst dem Gedanken an die Fischfrau das Wissen, gelebt zu haben. Schwerer wiegt der Entscheid, vor der Natur kapitulieren zu müssen, für die jüngeren Männer. Der Freitod der Jäger wird zum Beweis ihrer sittlichen Größe: sie sterben, um die Überlebenschancen des Jungen zu vergrößern – wobei sie hoffen, daß ihre Tradition und ihr Wissen in ihm weiterleben werden. Aitmatow bezeichnet es als eine der dringendsten Aufgaben der heutigen Kunst, ‹ein harmonisches Verhältnis von Mensch und Natur zu finden›. ‹Der Junge und das Meer› kann denn auch als Parabel verstanden werden: Indem die Erzählung Ehrfurcht vor der Natur wecken will und zeigt, daß eine respektvolle Auseinandersetzung mit der Natur zu humanitären Handlungen führen kann, wird sie für den heutigen Leser aktuell und macht auch den westlichen Leser betroffen» («Neue Zürcher Zeitung»).

Tschingis Aitmatow, geboren 1928, gilt als bedeutendster Vertreter der kirgisischen Literatur. Nach einem Veterinär-Studium besuchte er das Literatur-Institut «Maxim Gorki» in Moskau. Mehrere Erzählungen und Romane, so «Frühe Kraniche» und «Ein Tag länger als ein Leben», machten ihn auch bei uns bekannt.

Tschingis Aitmatow

# Der Junge und das Meer

Roman

Aus dem Russischen
von Charlotte Kossuth

rororo

Rowohlt

Die russische Originalausgabe
erschien unter dem Titel
«Pegij pjoss begustschij krajem morja»
zuerst abgedruckt in der Zeitschrift Snamja Nr. 4/1977
Umschlagentwurf Werner Rebhuhn
(Foto: Hamburger Kino Kompanie
Hark Bohm Filmproduktion KG)

24.–28. Tausend April 1986

Veröffentlicht im Rowohlt Taschenbuch Verlag GmbH,
Reinbek bei Hamburg, Dezember 1983

Satz Sabon (Linotron 404)
Printed in Germany
580-ISBN 3 499 15280 0

Für Wladimir Sangi

In einer finsteren, dunstgeschwängerten Nacht tobte entlang der ganzen Ochotskischen Seeküste, an der ganzen Front von Land und Meer, der uralte, unbändige Kampf der zwei Elemente – das Festland trotzte dem Druck des Meeres, das Meer berannte unermüdlich das Land.

Tosend, verzweifelt stürmte das Meer im Dunkel immer wieder gegen die Klippen an und zerschellte. Qualvoll stöhnte die steinharte Erde, während sie die Angriffe des Meeres abwehrte.

So liegen sie im Widerstreit seit dem Schöpfungsakt – seit der Tag zum Tag und die Nacht zur Nacht geworden; und so wird es fernerhin sein, alle Tage und alle Nächte, solange es Erde und Wasser gibt, im ewigen Zeitenlauf.

Alle Tage und alle Nächte ...

Eine neue Nacht verrann. Die Nacht vor der Ausfahrt aufs Meer. In jener Nacht fand er keinen Schlaf. Zum erstenmal im Leben schlief er nicht, zum erstenmal litt er an Schlaflosigkeit. Mit allen Fibern sehnte er den Tagesanbruch herbei, damit er hinaus konnte aufs Meer. Auf ein Robbenfell gelagert, spürte er, wie der Boden unter ihm vom Meeresanprall kaum merklich bebte, wie die Wogen in der Bucht donnerten, sich abhetzten. Er fand keinen Schlaf, lauschte hinaus in die Nacht ...

Früher war alles ganz anders gewesen. Keiner konnte sich jetzt vorstellen, keiner wußte oder ahnte auch nur, daß die Welt ganz anders aussehen könnte, hätte es vor Urzeiten nicht die Ente Luwr gegeben. Dann stünden nicht Festland gegen Wasser, Wasser gegen Land. Denn am Anfang, am Urbeginn, gab es keine Erde in der Natur – nicht einmal ein Staubkörnchen. Ringsum breitete sich Wasser, nichts als Wasser. Das Wasser war aus sich selbst entstanden, in seinem ewigen Wandelkreis – in schwarzen Abgründen, tiefen Strudeln. Wogen um Wogen rollten da, rollten auseinander, nach allen Richtungen der damals richtungslosen Welt: aus dem Nichts ins Nichts.

Die Ente Luwr aber – ganz recht, die gewöhnliche breitschnäblige Wildente, die bis zum heutigen Tag in Schwärmen zu unseren Häupten dahinfliegt – irrte dazumal mutterseelenallein über der Welt herum, und nirgends konnte sie ihr Ei ablegen. Weit und breit war nur Wasser – nicht einmal Schilfrohr fand sich, um ein Nest zu flechten.

Die Ente Luwr schrie in der Luft, sie fürchtete, das Ei nicht länger halten zu können, es über dem bodenlosen Abgrund zu verlieren. Wohin sie sich auch wandte, wo immer sie suchte – überall plätscherten unter ihren Flügeln Wellen, erstreckte sich das Große Wasser – Wasser ohne Grenzen, ohne Anfang und ohne Ende.

Völlig entkräftet erkannte sie schließlich: Auf der weiten Welt gab es keinen Ort, wo sie ein Nest bauen konnte.

Da ließ sich die Ente Luwr auf dem Wasser nieder, zupfte sich Federn aus der Brust und flocht ein Nest. Und aus diesem schwimmenden Nest wuchs die Erde. Nach und nach weitete sich die Erde, wurde sie von mancherlei Geschöpfen bevölkert. Der Mensch aber tat sich unter allen hervor – er lernte, auf Skiern über Schnee zu laufen, im Boot auf dem Wasser zu fahren. Er begann Wild zu erlegen und Fische zu fangen, nährte sich so und mehrte sein Geschlecht.

Hätte die Ente Luwr nur geahnt, wie hart das Dasein wurde mit der Entstehung des festen Landes inmitten des reinen Wasserreichs! Kann sich doch, seit es die Erde gibt, das Meer nicht beruhigen; das Meer kämpft gegen das Land und das Land gegen das Meer. Der Mensch aber hat es zuweilen bitter schwer zwischen Land und See, zwischen See und Land. Das Meer liebt ihn nicht, denn er ist mehr der Erde verhaftet …

Der Morgen zog herauf. Wieder ging eine Nacht zu Ende, wieder wurde ein Tag geboren. Wie sich das Maul eines Rentieres durch dessen graublaue Atemwolke abzeichnet, so trat aus dem sich lichtenden, hellgrauen Dämmer allmählich der tosende Zusammenprall von Meer und Ufer. Das Meer atmete. Entlang der ganzen brodelnden Frontlinie von Land und Meer ballte sich der kalte Dampf von dahinziehendem Sprühregen, und übers Ufer, so weit es sich auch erstreckte, hallte das Dröhnen der Brandung.

Die Wellen verfolgten hartnäckig ihr Ziel: Das Festland zu stürmen, rannte Woge auf Woge machtvoll hinauf – rannte über die kalte und harte Kruste ausgewaschenen Sandes, auf braune, glitschige Steinhaufen, hinauf, so weit Kraft und Schwung reichten; doch Woge auf Woge verebbte auf dem äußersten Rand des Brandungsgürtels, ließ flüchtigen Schaum zurück und den fauligen Geruch aufgerührter Wasserpflanzen.

Von Zeit zu Zeit wurden mit der Brandung Bruchstücke von Eisschollen ans Ufer geschleudert – wer weiß woher angeschwemmt von dem frühlingsbewegten Ozean. Auf den Sand geworfen, verwandelten sich die verirrten Schollen alsbald in närrisch hilflose Trümmer eines gefrorenen Meeres. Doch schon eilten neue Wogen herbei und trugen sie wieder zurück in ihr Element.

Der Nebel schwand. Lichter und lichter wurde der Morgen. Allmählich traten die Umrisse der Erde hervor, klarte das Meer auf. Vom Nachtwind aufgestört, schäumten am Ufer noch die weißgekrönten, anlaufenden Wogenreihen, aber tief in der sich verlierenden Ferne besänftigte, beruhigte sich das Meer bereits, bleigrau glänzte dort schwerer Wellengang.

Und es zerrissen die Wolken überm Meer, während sie näher zogen zu den Hügeln am Ufer. Hier, nahe der Bucht des *Scheckigen Hundes*, ragte auf der hügeligen Halbinsel, die sich schräg ins Meer schnitt, die markanteste Erhebung: ein Fels, der von fern wirklich an einen riesigen, am Meer geschäftig entlanglaufenden scheckigen Hund erinnerte. An den Seiten von allerlei zottigem Gesträuch überwuchert und bis in den heißesten Sommer mit einem Schneefleck – gleich einem großen Schlappohr – auf dem Kopf, dazu noch einem großen weißen Fleck in der Weichegegend, einer schattigen Mulde, war dieser Berg, der *Scheckige Hund*, von weither zu sehen, vom Meer und vom Wald.

Von hier aus, von der Bucht des *Scheckigen Hundes*, legte gegen Morgen, als die Sonne zwei Pappeln hoch stand, ein Niwchen-Kajak ins Meer ab. Im Boot waren drei Jäger und ein Junge. Die beiden jüngeren und kräftigeren Männer ruderten mit vier Rudern. Am Steuerruder saß der Älteste und zog gemächlich an seiner Holzpfeife – ein braungesichtiger, dürrer Alter mit hervorstehendem Adamsapfel, er war runzlig, vor allem der Hals war von tiefen Falten durchfurcht, und entsprechend waren auch die Hände – groß und knotig in den Gelenken, voller Narben und Risse. Grau war er schon. Fast weiß. Deutlich traten aus dem braunen Gesicht die grauen Brauen hervor. Der Alte blinzelte wie gewohnt mit tränenden rötlichen Augen, mußte er doch sein Lebtag auf den Wasserspiegel schauen, der die Sonnenstrahlen zurückwirft; und es machte ganz den Eindruck, als steuerte er das Boot blind durch die Bucht. Am anderen Ende des Kajaks, unmittelbar am Bug, hin und wieder zu den Erwachsenen spähend und sich mit größter Mühe still verhaltend, um ja nicht den mürrischen Alten zu verdrießen, hockte wie eine Schnepfe ein schwarzäugiger Junge.

Der Junge war heftig erregt. Vor Spannung blähten sich seine Nasenflügel, und sein Gesicht übersprenkelten Sommersprossen. Das hatte er von der Mutter – wenn die sich sehr freute, traten in ihr Gesicht ebensolche dunkle Pünktchen. Der Junge hatte allen Grund zur Hochstimmung. Diese Ausfahrt ins Meer wurde seinetwegen unternommen – er sollte das Jagdhandwerk erlernen. Deshalb drehte Kirisk wie eine Schnepfe den Kopf hierhin und dorthin und betrachtete alles mit nicht erlahmendem Interesse, voller Ungeduld. Zum erstenmal in seinem Leben fuhr er zusammen mit richtigen Jägern aufs offene Meer, fuhr er zu einem großen Fang aus in dem großen Kajak der Sippe. Wie gern hätte sich der Junge von seinem Platz erhoben, hätte er die Männer angefeuert, selbst nach den Rudern gegriffen, sich mit Macht hineingelegt, um schneller zu den Inseln zu gelangen, wo die große Seetierjagd stattfinden sollte! Aber derlei kindliche Wünsche mochten ernsthaften Leuten närrisch dünken. Aus Furcht davor versuchte er nach Kräften, sich nicht zu verraten. Ganz gelang ihm dies nicht. Schwer fiel es ihm, sein Glück für sich zu behalten – heiße Röte malte sich unübersehbar auf seinen sonnenverbrannten drallen Wangen. Und aus seinen Augen – strahlenden, klaren, beseelten Jungenaugen – sprachen unverhohlen Freude und Stolz, die sein Herz erfüllten. Vor ihm lag das Meer, vor ihm – die große Jagd!

Der alte Organ verstand ihn. Während er mit zusammengekniffenen Augen übers Meer steuerte, bemerkte er dennoch, wie der Junge vor Ungeduld zappelte. Dem Alten wurden die Augen heiß – ach ja, die Kindheit, die Kindheit –, doch sog er schnell an seiner erlöschenden Pfeife, um ein Schmunzeln in den Winkeln seines eingefallenen Mundes zu unterdrücken. Er durfte nicht lächeln. Der Junge war nicht zum Spaß bei ihnen im Boot. Er sollte das Leben eines Jägers auf See beginnen. Beginnen, um es dereinst irgendwo im Meer zu beenden – so wollte es das Schicksal, denn nichts Schwierigeres und Gefährlicheres gibt es als den Fang zur See. Daran muß man sich von klein auf gewöhnen. Nicht umsonst pflegten die Leute früher zu sagen: «Verstand gibt der Himmel, Geschick erwirbt man schon als Kind!» Und dann sagten sie noch: «Ein schlechter Jäger fällt der Sippe zur Last.» Daraus folgt: «Wer als Mann ein guter Ernährer sein will, muß sein Handwerk schon in frühester Jugend erlernen. Nun war die Reihe an Kirisk, war es Zeit, dem Jungen das Nötige beizubringen, ihn seetüchtig zu machen.

Das wußten alle – die gesamte Siedlung, der ganze Clan der Fischfrau am *Scheckigen Hund* wußte, daß die Männer heute seinetwegen hinausfuhren, um des künftigen Jägers und Ernährers Kirisk willen. So war es Brauch: Wer als Mann geboren ist, muß von klein auf mit dem Meer Freundschaft schließen, damit das Meer ihn kennt und er selbst das Meer achtet. Daher gingen sie in See – Organ, der Clan-Älteste, und die beiden besten Jäger, der Vater des Jungen, Emraijin, und ein Vetter des Vaters, Mylgun; daher kamen sie der hohen Pflicht der Älteren gegenüber den Jüngeren nach, diesmal ihm gegenüber, dem Jungen Kirisk, der von nun an für immer mit dem Meer zu tun haben würde, in Tagen des Erfolgs und des Mißerfolgs.

War er, Kirisk, jetzt auch noch ein Junge, ein Milchbart, und blieb noch ungewiß, was je aus ihm würde – wer weiß, ob nicht gerade ihm bestimmt war, Ernährer und Stütze der Sippe zu werden, wenn sie selber als hilflose Greise nicht mehr ihrem Handwerk nachgehen konnten. So mußte es sein, so hielt man es von Geschlecht zu Geschlecht, von einem zum anderen. Darauf beruhte das Leben.

Wozu darüber reden! Das denkt man bei sich und spricht davon selten. Daher schenkte dort, am Ufer des *Scheckigen Hundes*, keiner aus der Sippe der Fischfrau Kirisks erstem Jagdzug besondere Beachtung. Im Gegenteil, seine Stammesgefährten taten, als bemerkten sie gar nicht, wie er mit den erfahrenen Jägern aufs Meer hinausfuhr. Als nähmen sie dieses Vorhaben gar nicht ernst.

Nur die Mutter begleitete ihn, verlor aber ebenfalls kein Wort über die bevorstehende Fahrt und verabschiedete sich schon vor der Bucht. «Na, geh nur in den Wald!» sagte sie betont laut zu dem

Sohn und sah dabei geflissentlich nicht aufs Meer, sondern zum Wald. «Aber nimm nur trockenes Holz und verlauf dich nicht im Wald!» Mit diesen Worten wollte sie die Spuren verwischen, den Sohn vor den Kinren schützen, den bösen Geistern. Auch den Vater erwähnte die Mutter mit keiner Silbe. Als wäre Emraijin nicht der Vater, und Kirisk ginge nicht mit dem Vater in See, sondern mit Fremden. Die Kinren sollten nicht erfahren, daß Emraijin und Kirisk Vater und Sohn waren. Wenn Väter und Söhne gemeinsam jagen, wüten die bösen Geister. Sie könnten den einen vernichten, um dem anderen Kraft und Willen zu rauben, auf daß er schwüre, nie wieder hinauszufahren aufs Meer, nie mehr den Wald zu betreten. So sind sie, diese tückischen Geister, versäumen keine Gelegenheit, den Menschen zu schaden.

Kirisk selbst hatte keine Angst vor den bösen Kinren, er war ja schon groß. Die Mutter aber fürchtete sie, bangte vor allem um ihn. «Du bist noch klein», sagte sie. «Dich kann man noch leicht verwirren und töten.» Wie wahr! Wieviel Unheil bringen die bösen Geister über das junge Volk! Schicken Krankheiten und sonstiges Übel, verkrüppeln ein Kind, damit kein Jäger aus ihm wird. Wem nützt aber solch ein Mensch? Daher ist es so wichtig, vor bösen Geistern auf der Hut zu sein, besonders in der Kindheit, solange man noch nicht erwachsen ist. Steht einer erst auf eigenen Beinen, ist er eine Persönlichkeit, dann schrecken ihn auch keine Kinren mehr. Dann bezwingen sie ihn nicht, sie fürchten die Starken.

So nahmen Mutter und Sohn Abschied. Eine Weile noch verharrte die Mutter wortlos – in ihrem Schweigen lagen Angst, Flehen und Hoffnung –, dann ging sie zurück, ging und hatte sich kein einziges Mal nach dem Meer umgesehen, hatte kein Wort über den Vater verloren, als wüßte sie in der Tat nicht, wohin sich Mann und Sohn begaben, obwohl sie selbst die beiden am Abend für die Fahrt gerüstet, ihnen Wegzehrung bereitet hatte – Vorrat für drei Tage; jetzt stellte sie sich ahnungslos, so sehr bangte sie um den Sohn. In ihrer Angst verbarg sie sogar ihre Unruhe, ließ sich von den bösen Geistern nicht anmerken, wie sehr sie sich insgeheim fürchtete.

Die Mutter war schon vor der Bucht umgekehrt, der Sohn aber stürzte, im Strauchwerk Bogen schlagend, um seine Spur zu verwi-

schen und die unsichtbaren Kinren abzuschütteln, wie die Mutter ihn geheißen – wollte er sie doch an diesem Tag nicht erzürnen –, den weit vorausgegangenen Männern nach.
Rasch hatte er sie eingeholt. Sie gingen gemächlich mit ihrer Last, Gewehren und Fanggerät, auf der Schulter. Voran schritt der Älteste Organ, ihm folgte, auffallend großgewachsen und kräftig, der breitschultrige, bärtige Emraijin, und hinterdrein stapfte, die Füße einwärts setzend, Mylgun, knorrig, klobig und rund wie ein Holzklotz. Ihre Kleidung, gut eingetragen, war für die Seefahrt aus gegerbten Häuten und Fellen so gefertigt, daß sie warmhielt und keine Nässe durchließ. Verglichen mit den Männern wirkte Kirisk geradezu schmuck. Die Mutter hatte sich große Mühe gegeben, hatte seit langem an seiner Seekluft genäht. Die Robbenfellstiefel und die Oberbekleidung hatte sie überdies an den Rändern bestickt. Wozu das auf dem Meer? Aber eine Mutter ist nun einmal eine Mutter.
«Sieh mal an! Wir dachten schon, du kommst nicht mit. Dachten, du wirst an der Hand wieder heimgeführt!» spöttelte Mylgun, als Kirisk neben ihm auftauchte.
«Wieso? Nie und nimmer! Ich?!» Kirisk verschluckte sich fast vor Kränkung.
«Na, na, verstehst wohl keinen Spaß!» wies ihn Mylgun zurecht. «Das gewöhn dir schnell ab. Mit wem sollen wir auf See schon sprechen, wenn nicht miteinander? Da, trag lieber was!» Er reichte ihm seine Winchesterbüchse. Dankbar lief der Junge neben ihm her.
Bald hieß es alles verstauen und ablegen.
So ging es fort aufs Meer. Wie anders würde die Rückkehr aussehen, falls sie Glück hatten und reiche Beute heimbrachten! Dann winkten dem Jungen Ehrungen – mit Fug und Recht. Feiern wird man die Heimkehr des jungen Jägers, mit Liedern die Freigebigkeit des Meeres rühmen, in dessen unermeßlichen Tiefen sich Fische und anderes Getier mehren, für starke und kühne Jäger bestimmt. Der Fischfrau wird man Lieder darbringen, der Urmutter, dank der die Fischfrau-Sippe die Erde bevölkert. Dann werden die Hohlstammtrommeln unter den Schlägen der Ahornschlegel erdröhnen, und inmitten der Tanzenden wird der Schamane, der Allwissende, mit Erde und Wasser zu reden beginnen, über ihn, Kirisk, den neuen Jäger. Ja, über ihn wird der Schamane mit Erde und Wasser spre-

chen, er wird sie beschwören und bitten, stets gut zu ihm zu sein, auf daß er zu einem großen Jäger heranwachse, das Glück ihn stets begleite zu Lande und zu Wasser, und es ihm nie an Beute fehle, sie gerecht zu verteilen unter alt und jung. Auch wird der weise Schamane Erde und Wasser beschwören und bitten, daß Kirisk Kinder geboren werden und alle am Leben bleiben, damit sich das Geschlecht der Großen Fischfrau mehre und Nachkommen zeuge noch und noch.

Wo schwimmst du, Große Fischfrau?
Dein heißer Leib empfängt das Leben,
dein heißer Leib hat uns geboren am Meer,
dein heißer Leib ist der beste Ort auf Erden.
Wo schwimmst du, Große Fischfrau?
Deine weißen Brüste gleichen Robbenköpfen,
deine weißen Brüste nährten uns am Meer.
Wo schwimmst du, Große Fischfrau?
Der stärkste Mann wird zu dir schwimmen,
auf daß dein Leib schwelle,
und dein Geschlecht sich mehre auf Erden ...

Solche Lieder wird man singen auf dem Fest bei Tanz und Frohsinn. Und noch etwas Wichtiges stand Kirisk an jenem Fest bevor. Der ekstatisch tanzende Schamane wird sein Jägerschicksal einem Stern am Himmel anbefehlen. Hat doch ein jeder Jäger seinen Schutzstern. Welchem Stern er aber sein, Kirisks, Schicksal anvertraut, würde keiner je erfahren. Einzig der Schamane und jener Stern, der unsichtbare Beschützer, werden das wissen. Sonst niemand. Sterne aber gibt es am Himmel ohne Zahl ...
Natürlich werden sich die Mutter und das Schwesterchen am meisten freuen, sie werden am lautesten singen und hingebungsvoll tanzen. Und der Vater, Emraijin, wird sich, allen vernehmlich, sein Vater nennen, wird gleichfalls froh sein und stolz. Einstweilen aber ist er kein Vater. Auf See gibt es weder Vater noch Sohn, auf See sind alle gleich und ordnen sich dem Ältesten unter. Was der Älteste sagt, geschieht. Der Vater hat sich da nicht einzumischen. Und der Sohn hat sich nicht beim Vater zu beklagen. So ist es Brauch.

Froh bewegt wird wohl auch Musluk sein, das Mädchen, mit dem er als Kind spielte. In der letzten Zeit spielten sie schon seltener miteinander. Und von nun an ist es sicher damit ganz vorbei: Nicht nach Spielen steht einem Jäger der Sinn …

Das Boot fuhr prächtig, glitt wiegend über die Wellen. Längst hatten sie die Bucht des *Scheckigen Hundes* hinter sich gelassen, schon lag das Lange Kap hinter ihnen, und hinaus ging's aufs offene Meer, da merkten sie, daß der Wellengang auf See nicht stärker war als in der Bucht. Gleichmäßig plätscherten Kräuselwellen. Bei solch ruhiger See kommt man schnell voran.
Gut und gewandt fuhr das aus dem Stamm einer mächtigen Pappel gefertigte Boot. Zuverlässig hielt es sich bei Quer- und Seitenwellen, leicht gehorchte es dem Heckruder.
Noch immer an seiner bereits erloschenen Pfeife ziehend, genoß der alte Organ die sichere Fahrt, gab sich einem Gefühl hin, als wäre er selbst das Boot, das – bis zur halben Bordhöhe im Wasser – durchs Meer dahinglitt; als schwämme er selbst unter dem gleichmäßigen Knirschen der Dollen und den gemessenen Ruderschlägen durch die Meeresweite; als durchschnitte er selbst mit dem Kiel – wie mit der eigenen Brust – die elastischen Wellen und schwanke leicht unter dem Anprall und den Stößen des Wassers. Dieses Gefühl völligen Einsseins mit der Bewegung des Bootes weckte in ihm seltsame Überlegungen. Er war mit dem Boot zufrieden, sehr sogar, hatte er es doch selbst ausgestemmt und gehobelt; die Pappel hatten sie gemeinsam gefällt; einer allein, ja sogar vier Mann hätten das nicht bewältigt, aber bearbeitet hatte er den Stamm allein – drei Sommer hatte er ihn getrocknet und behauen, und bereits damals war ihm klar gewesen: Das würde der beste Kajak, den er je gefertigt hatte. Doch bei dieser Erinnerung beschlich ihn jäher Kummer. Wenn es nun sein letzter wäre? Er wollte noch eine Weile leben. Noch auf Fang hinausziehen ins Meer, noch ein paar Kajaks bauen, solange ihn Augenlicht und Fingerfertigkeit nicht im Stich ließen.
In Gedanken sprach er mit seinem Boot. Ich liebe dich und vertraue dir, Bruder Kajak, sagte er. Du kennst die Sprache des Meeres, kennst die Tücken der Welt, darin liegt deine Stärke. Du bist ein würdiger Kajak, der beste, den ich je gehobelt habe. Du bist ein

großer Kajak – zwei Seehunde und noch eine Ringelrobbe finden in dir Platz. Du bringst uns Glück. Daher achte ich dich. Wir alle lieben dich, wenn du schwer trägst an unserer Beute, wenn du, bis zum Rand einsinkend und sogar Wasser schöpfend, ans Ufer zurückkehrst. Dann kommen alle angelaufen, dich zu empfangen, Bruder Kajak!
Auch wenn ich sterbe, fahre du noch lange, über weite Entfernungen, an beutereiche Orte. Auch wenn ich sterbe, geh du mit jungen und starken Jägern in See. Auch wenn ich sterbe, diene du ihnen, wie du jetzt mir dienst. Und halte aus, Bruder Kajak, bis auch dieser unser Sproß, der dort am Bug sitzt und ungeduldig den Kopf dreht – wäre da nicht Wasser, sondern Land, würde er auf der Stelle hinauslaufen zur großen Jagd, meint er doch, er käme mit allem allein zurecht –, halte aus, Bruder Kajak, bis auch er herangewachsen ist und mit dir fährt nach nah und fern. Heute aber ist er das erste Mal mit uns auf See. So muß es sein. Soll er sich daran gewöhnen. Wir gehen dahin, er aber hat noch lange Jahre vor sich. Gerät er nach dem Vater, nach Emraijin, wird aus ihm ein tüchtiger Mann. Kein Schwätzer. Emraijin ist zur Zeit wohl der beste Jäger. Ein kräftiger, arbeitsamer Mann. Einstmals war auch ich so. In meinen besten Jahren! Damals liebten mich die Frauen. Und ich dachte, das Leben würde nie enden. Erst später begreift man, daß das nicht so ist. Die Jungen wollen davon nichts wissen. Emraijin und Mylgun denken sicher auch noch nicht daran. Nun gut. Sie werden es noch merken. Aber sie rudern gut, mit langen Schlägen. Mylgun steht Emraijin nicht nach. Ein zuverlässiges, ausdauerndes Paar. Das Boot kommt wie von allein voran, spielerisch. Aber das scheint nur so. Auf See bewegt man sich mit den Armen. Heute heißt es noch rudern und rudern! Bis zur Dämmerung, bis wir die *Dritte Zitze* erreicht haben. Und morgen den ganzen Tag wieder zurück. Vom frühen Morgen an den ganzen Tag. Ich werde mal den einen, mal den anderen ablösen, doch schwer ist diese Arbeit – ein ganzes Meer mit den Rudern aufrühren. Kehren wir aber mit reichem Fang heim, dann feiern wir ein Fest.
Hörst du, verstehst du mich, Bruder Kajak? Du bringst uns zu den Inseln, zu den *Drei Zitzen*, zu reichen Jagdgründen. Darum fahren wir ja. Dort am Ufer sind die Lagerplätze der Robben. Bald werden sie jungen, deshalb versammeln sie sich auf den Inseln.

Verstehst du mich, Bruder Kajak? Du begreifst mich schon. Mit dir habe ich bereits geredet, als du das Meer noch gar nicht kanntest, als du noch im Leib der großen Pappel im Wald lebtest. Ich habe dich aus dem Leib des Baumes befreit, und jetzt schwimmen wir.

Wenn ich aber nicht mehr sein werde, vergiß mich nicht, Bruder Kajak. Denk an mich, wenn du auf dem Meer fährst …

So überlegte Organ, während er vom Hauptorientierungspunkt am Ufersaum, vom *Scheckigen Hund* aus, geraden Kurs aufs Meer hielt. Dieser Klippenberg hatte eine ungewöhnliche Eigenschaft, von der alle sprachen, die hinausfuhren – bei klarem Wetter schien er mit der Entfernung zu wachsen. Als folge einem der *Scheckige Hund* unentwegt, als wolle er nicht zurückbleiben. Wann immer man sich umsah, der *Scheckige Hund* bot sich dem Blick. Sehr lange war dieser Hügel zu sehen, auf weite Entfernung, dann entschwand er unversehens hinter einem hohen Wellenberg. Der *Scheckige Hund* war nach Hause gegangen, das Land lag weit zurück … Dann aber mußte man sich gut einprägen, wo, in welcher Richtung der *Scheckige Hund* zurückgeblieben war, woher – bezogen auf den Berg – der Wind wehte, wo die Sonne gestanden hatte, man mußte die Wolken beobachten, falls Windstille herrschte, mußte während der ganzen Zeit, da man zu den Inseln fuhr, die Lage des *Scheckigen Hundes* im Gedächtnis behalten, um auf dem weiten Meer nicht vom Kurs abzukommen.

Sie hielten auf die Inseln zu, die fast eine Tagesfahrt entfernt lagen. Es waren unbewohnte, winzige Felseninseln – drei Brocken Festland, die wie dunkle Zitzen aus der unendlichen Wasserwüste ragten. Daher wurden sie auch die *Drei Zitzen* genannt – die Kleine, die Mittlere und die Große. Dahinter aber, wenn man weiterfuhr, kam der Ozean, von dem sie weder Ausdehnung noch Namen wußten – das große, unerschlossene, unbekannte Wasser der Ewigkeit, das aus sich selbst entsteht und seit der Erschaffung der Welt existiert, seit jener Zeit schon, da die Ente Luwr schreiend dahinjagte auf der Suche nach einem kleinen Flecken für ihr Nest – einem handtellergroßen Stückchen Landes – und es auf der ganzen Welt nicht fand. Dort, auf jenen Inseln, an der Grenze von Ochotskischem Meer und Ozean, befanden sich in jenen

Frühlingstagen die Lagerplätze der Ringelrobben. Dorthin führte sie der Weg ...

Der Junge staunte, weil das Meer ganz anders aussah, als er es von seinen Spielen auf den Felsnasen des *Scheckigen Hundes* her kannte, ja nicht einmal so, wie er es bei Bootsfahrten auf der Lagune erlebt hatte. Besonders deutlich spürte er das, als die Bucht hinter ihnen lag, das Meer sich unversehens weitete, den ganzen sichtbaren Raum bis zum Himmel ausfüllte und zur ungeteilten, unübersehbaren, einzig wirklichen Welt geworden war.

Das offene Meer überwältigte Kirisk. Ein solches Schauspiel hatte er nicht erwartet. Nur Wasser, bewegtes, schweres Wasser, nur Wellen, rasch entstehend und vergehend, nur Tiefe, dunkle, erregende Tiefe, und nur Himmel, voll von wandernden, schwerelosen und unerreichbaren weißen Wolken. Das war die ganze Welt, nichts weiter gab es, nichts als das Meer – weder Winter noch Sommer, weder Hügel noch Schlucht.

Wasser bedeckte die Welt von einem Ende zum anderen.

Das Boot aber fuhr, glitt wiegend über die Wellen. Noch immer war der Junge glücklich und froh, im Boot zu sein – voll Erwartung der großen Jagd. Doch alles, was er ringsum sah und entdeckte – im Wasser und darüber – nahm er dieses Mal nur flüchtig wahr, mit feiertäglicher halber Aufmerksamkeit, denn sein Herz eilte voraus, eingestimmt auf ganz andere Eindrücke. Wie sehr hätte ihn sonst das endlose Spiel der Strahlen auf dem Wasser gefesselt, die bizarr über die Oberfläche glitten und das Antlitz des Meeres in immer neue schillernde Farben tauchten – von Zartviolett und Dunkelgrün bis zu Tiefschwarz im Schatten hinter der Bordwand; wie herzlich hätte er sich gefreut über die drolligen, neugierigen Fische, die plötzlich neben dem Boot auftauchten, hätte er über die Buckellachse gelacht, die in einem ganzen Schwarm mit dem Boot zusammenstießen und, statt fortzuschwimmen, sich vor Schreck noch enger aneinanderdrängten, vereinzelt aus dem Wasser sprangen, dann komisch auf die Rükken der anderen fielen, von dort in die Luft ragten ...

All dem schenkte er jetzt keine besondere Aufmerksamkeit – Lappalien! Nur nach einem stand sein Sinn: möglichst schnell zu den Inseln gelangen, sich in die Arbeit stürzen!

Bald jedoch änderte sich die Stimmung des Jungen sonderbar, wie von selbst, obwohl er sich nichts anmerken ließ. Je weiter sie sich vom Land entfernten, vor allem, nachdem der *Scheckige Hund* plötzlich hinter einem hohen schwarzen Wasserberg verschwunden war, wuchs in ihm das Gefühl einer vagen Gefahr, die vom Meer ausging, spürte er, wie abhängig er war vom Meer, wie unendlich klein und wie unendlich schutzlos angesichts dieses gewaltigen Elements.

Das war neu für ihn. Und er begriff, wie lieb ihm der *Scheckige Hund* war, an den er früher keinen Gedanken verschwendet, auf dessen Hängen er unbekümmert und furchtlos getollt und von dessen Höhe er sich am Anblick des keineswegs bedrohlichen Meeres erfreut hatte. Jetzt begriff er, wie mächtig und gütig der *Scheckige Hund* war – unerschütterlich und stark an seinem Platz.

Jetzt verstand er den Unterschied zwischen Festland und Meer. An Land denkt man nicht ans Land. Ist man aber auf dem Meer, denkt man unentwegt ans Meer, selbst wenn die Gedanken um anderes kreisen. Diese Entdeckung bestürzte den Jungen. Darin, daß man ständig ans Meer denken mußte, lag etwas Unabweisbares, Überlegenes ...

Die Erwachsenen aber blieben ruhig. Emraijin und Mylgun ruderten noch immer wie ein Mann, mit gleichmäßigen, gemessenen Schlägen. Immer wieder tauchten vier Ruder gleichzeitig ins Wasser, hielten das Boot leicht und ungezwungen in ständiger Bewegung. Die Ruderer kostete das unentwegte Anspannung. Kirisk sah ihre Gesichter nicht. Die Männer kehrten ihm den Rücken zu, doch vor seinen Augen wölbten und streckten sich ihre Schulterblätter. Nur hin und wieder tauschten sie ein Wort. Der Vater allerdings blickte sich bisweilen um und lächelte dem Sohn durch den Bart zu. Na, wie geht's?

So fuhren sie dahin. Die Erwachsenen waren ruhig und ihrer Sache sicher. Vollends gelassen blieb der alte Organ. Immer noch an seiner Pfeife saugend, lenkte er das Boot. So fuhren sie, jeder mit seiner Arbeit beschäftigt. Nun ja, zweimal wollte auch Kirisk rudern – erst Seite an Seite mit Mylgun, dann mit dem Vater. Gern überließen die Männer ihm ein Ruder. Immer streng dich an! Doch obschon er das eine Ruder mit beiden Händen packte, reichte seine Kraft nicht lange – zu schwer war das Boot für ihn und auch

das Ruder zu gewaltig. Aber keiner machte ihm Vorwürfe, keiner bedauerte ihn, immer schweigsamer verrichteten alle ihre Arbeit.
Als der *Scheckige Hund* plötzlich verschwunden war, lebten sie auf einmal auf.
«Der *Scheckige Hund* ist nach Hause gegangen!» erklärte der Vater.
«Ja, er ist fort!» bestätigte Mylgun.
«Wirklich? Ist er also weg?» Auch der alte Organ blickte in jene Richtung. «Nun, dann geht's voran. He, Kirisk», wandte er sich verschmitzt an den Jungen, «soll ich dir nicht den *Scheckigen Hund* herbeirufen, vielleicht kommt er zurück?»
Alle lachten, auch Kirisk. Dann überlegte er und sagte laut: «Wenn wir umkehren, dann kommt er auch wieder!»
«Bist ja recht pfiffig!» rief Organ schmunzelnd. «Wir wollen uns lieber beschäftigen. Komm zu mir. Hast genug geschaut. Am Meer siehst du dich nicht satt.»
Kirisk verließ seinen Platz am Bug, kletterte zum Heck und stieg dabei über die Gegenstände auf dem Boden des Bootes: zwei Winchesterbüchsen, in Renfelle gewickelt, eine Harpune, einen Knäuel Bindfaden, ein Fäßchen mit Wasser, einen Sack Lebensmittel, sonstige Bündel und Kleidungsstücke.
Während sich der Junge entlang der Bootswand an den Ruderern vorbeidrängte und über die Ruderholme trat, umgab ihn ein Geruch von Tabak und kräftigem Männerschweiß, der von den feuchten Nacken und Rücken kam. So roch die väterliche Kleidung, an der die Mutter gern schnupperte, wenn der Vater auf See war – dann nahm sie mitunter seinen alten Pelz und preßte ihr Gesicht hinein.
Der Vater nickte dem Sohn zu, knuffte ihn sacht mit der Schulter in die Seite, die Ruder fest in der Hand. Kirisk ließ sich durch die zärtliche Geste des Vaters nicht aufhalten. Was sollte das? Auf See sind alle gleich. Auf See gibt es weder Väter noch Söhne. Nur der Älteste zählt. Ohne sein Wissen darf keiner einen Finger rühren …
«Setz dich, mach dir's neben mir bequem!» Organ legte seine lange, knotige Hand leicht auf Kirisks Schulter. «Ist dir nicht doch ein wenig bange? Erst meint man, es macht einem nichts aus, aber dann …»
Kirisk wurde verlegen. Also hatte der alte Organ etwas gemerkt.

Dennoch protestierte er: «Nein, Atkytschch, nein, Großvater, kein bißchen! Warum auch?»
«Bist immerhin das erste Mal auf See.»
«Wennschon!» Kirisk ließ sich nicht unterkriegen. «Ich habe keine Angst.»
«Recht so. Ich aber, als ich das erste Mal ausfuhr, und das ist schon eine Ewigkeit her, habe mich doch, ehrlich gesagt, etwas gefürchtet. Wie ich so schaute – die Küste war längst verschwunden, der *Scheckige Hund* fortgelaufen. Weit und breit nichts als Wellen. Da wollte ich nach Hause. Frag nur die beiden da, Emraijin und Mylgun, wie es denen erging!»
Die Männer lächelten nur verständnisvoll, nickten und legten sich erneut in die Ruder.
«Ich aber nicht!» beharrte Kirisk.
«Bist also tapfer!» beschwichtigte ihn der Alte. «Und nun sag mir, in welcher Richtung ist der *Scheckige Hund* abgeblieben?»
Vor Überraschung wurde Kirisk nachdenklich, dann zeigte er mit der Hand: «Dort!»
«Bist du sicher? Und warum zittert deine Hand?»
Das Zittern unterdrückend, wies der Junge eine Spur weiter rechts: «Dort!»
«Jetzt stimmt's», sagte Organ. «Wenn nun der Kajak seine Nase dorthin wendet, wo liegt dann der *Scheckige Hund*?»
«Dort!»
«Und wenn der Wind uns so herumdreht?»
«Dort!»
«Und wenn wir nach links fahren?»
«Dort!»
«Gut, und jetzt sag mir, wonach du das bestimmst, denn weit und breit ist doch nichts zu sehen als Wasser?» forschte Organ. «Kannst du mir das erklären?»
«Ich habe doch Augen», entgegnete Kirisk.
«Was für Augen?»
«Was weiß ich. Sicher im Bauch, und sie sehen blind.»
«Im Bauch!» Alle lachten schallend.
«Ganz richtig», ließ sich Organ vernehmen. «Solche Augen gibt es. Nur sitzen die nicht im Bauch, sondern im Kopf.»

«Bei mir sind sie aber im Bauch», beharrte Kirisk, obwohl er einsah, daß ein Gesicht nur im Kopf sein konnte.
Kurz darauf befragte der Alte erneut Kirisk, und als er sich vergewissert hatte, daß sich der Junge im Meer zurechtfand, murmelte er zufrieden: «Hast gar keine schlechten Augen im Bauch!»
Geschmeichelt von dem Lob, begann Kirisk sich selbst Aufgaben zu stellen und nach Lösungen zu suchen. Einstweilen, bei ziemlich ruhiger See, fiel ihm dies nicht allzuschwer. Der treue und große *Scheckige Hund* meldete sich zuverlässig – ohne daß Kirisk die Erinnerung besonders bemühen mußte, zeigte er sich seinem inneren Blick genau dort, wo er zurückgeblieben war, zeigte sich, als stünde er ihm tatsächlich vor Augen, in seiner ganzen Ausdehnung, mit den zottigen Wäldern an den Steilhängen, den Schneeflocken auf dem *Kopf* und in der *Weichegegend*, mit der tosenden, unermüdlichen, ewigen Brandung zu Füßen der Klippe. Während sich der Junge den *Scheckigen Hund* so vorstellte, konnte er nicht umhin, auch an die anderen Hügel in der Nähe zu denken, gingen seine Gedanken unwillkürlich auch nach Hause. Er sah das kleine Tal inmitten der Küstenhügel, und in jenem Tal am Waldrand, am Ufer eines Flüßchens ihr Wohnlager – Holzhäuser, Kornspeicher, Hunde, Hühner, Fischtrockengerüste, Rauchfahnen, Stimmengewirr, und dort die Mutter und das Schwesterchen Psulk. Lebhaft stellte er sich vor, was sie jetzt wohl dort machten. Sicher denkt die Mutter insgeheim an ihn, auch an den Vater und alle anderen Jäger auf See. Ja, gerade jetzt denkt sie wohl an sie alle. Dabei ist sie in steter Sorge, daß die bösen Geister ihre Gedanken erraten und ihre Furcht bemerken könnten. Und noch jemand denkt gewiß an ihn – Musluk. Sie ist bestimmt schon angelaufen gekommen unter dem Vorwand, mit Psulk spielen zu wollen. Doch wehe, wenn sie zufällig laut seinen Namen nennt oder nach ihm fragt, der doch hinausgefahren ist aufs Meer. Die Mutter wird sie unbedingt zurechtweisen: Was soll das Geschwätz, weißt du nicht, daß er nach Brennholz in den Wald gegangen ist? Erschrocken und beschämt wird das Mädchen verstummen. Bei diesem Gedanken tat sie Kirisk geradezu leid. Er wollte zwar, daß Musluk an ihn dachte, aber es war ihm ganz und gar nicht recht, wenn man ihr seinetwegen Vorhaltungen machte.

Das Boot aber fuhr noch immer, glitt wiegend über die Wellen. Und ringsum glänzte im Wogengekräusel noch immer schäumende Gischt. Die Niwchen rechneten damit, am Nachmittag, jedenfalls noch bei Tageslicht, die erste Insel zu erreichen, das war die nächstgelegene, die *Kleine Zitze*, und, falls ihnen das gelänge, dort mit der Jagd zu beginnen. Noch vor Anbruch der Dunkelheit würden sie zur zweiten Insel, zur *Mittleren Zitze*, fahren, um dort zu übernachten, denn an ihrem Ufer befand sich eine ruhige Anlegestelle für ihr Boot. In aller Frühe aber sollte es wieder hinausgehen aufs Meer. Falls sie vom Abend an Glück hatten und gleich drei Robben erbeuteten, könnten sie am nächsten Morgen ohne Verzögerung die Heimfahrt antreten. Doch zurückkehren mußten sie so oder so in der ersten Tageshälfte, wenn die Sonne nicht mehr als zwei Pappeln hoch stand. Je eher man das Meer verläßt, desto besser.

All dies hatte der alte Organ vorausberechnet, alles hatte er bedacht. Außerdem fuhren auch seine beiden Gehilfen – Emraijin und Mylgun – nicht das erste Mal zu den *Drei Zitzen*. Sie kannten sich gleichfalls gut aus. Hauptsache, das Wetter hielt sich und sie entdeckten beizeiten Tiere auf dem Lagerplatz! Mit allem anderen würden sie schon fertig werden, ein jeder stand ja seinen Mann.

Der alte Organ ging nicht nur in See, weil es notwendig war – natürlich war es lebensnotwendig, Nahrung aus dem Meer zu beschaffen –, sondern auch, weil es ihn aufs Meer zog. Die Weite des Meeres beflügelte den alten Mann in seinen geheimsten Überlegungen. Und er hatte geheime Gedanken. Auf See hinderte ihn keiner, ihnen nachzuhängen, denn all das, woran an Land zu denken ihm die Zeit fehlte über den Sorgen des Alltags, beschäftigte Organ auf See – hier lenkte nichts ihn ab von seinen großen Ideen. Hier fühlte er sich Meer und Himmel verwandt.

Ihm war klar: Angesichts der unendlichen Weite ist der Mensch im Boot ein Nichts. Doch der Mensch denkt und erhebt sich so zur Größe von Meer und Himmel, behauptet sich angesichts der ewigen Elemente, wird den Welten in ihrer Tiefe und Höhe ebenbürtig. Darum ist der Mensch, solange er lebt, geistig so mächtig wie das Meer und so endlos wie der Himmel, denn seinem Denken sind keine Grenzen gesetzt. Stirbt er jedoch, wird ein anderer

seine Gedanken weiterdenken, der folgende wieder weiter, und so geht es ohne Ende ... Dieses Bewußtsein bereitete dem Alten die bittere Wonne eines unannehmbaren Sichabfindens.
Er begriff, daß der Tod unentrinnbar war und sein Leben zur Neige ging, daß der Tod alles auslöschte, und hoffte doch, sein größter Schatz, sein Geheimnis, die großen Träume von der Fischfrau würden ihm auch nach dem Tod bleiben. Er konnte seine Träume an keinen andern weitergeben – Traumgesichte sind unübertragbar, und daher, so meinte er, durften sie nicht spurlos verschwinden ... Nie und nimmer. Die Große Fischfrau ist unsterblich, also sind auch die Träume von ihr unsterblich.
Sehr viel und immer wieder dachte er daran während seiner Seefahrten. Versank dann lange Zeit ins Schweigen, zog sich in sich selbst zurück, mied jegliches Gespräch mit seinen Weggefährten. Den Blick aufs Meer gerichtet, an einen Unbekannten gewandt, bat er nur um eines: ihm die Träume von der Großen Fischfrau nicht zu nehmen. Warum sollte es nicht möglich sein, daß der Mensch seine Träume mit hinübernahm in jene andere Welt, damit er sie ewig sah, für alle Zeit? Er fand keine Antwort und grübelte qualvoll, bemüht, sich selbst zu überzeugen, genauso würde es sein, die Träume würden ihm bleiben.
... Vor vielen, vielen Jahren, in grauer Vorzeit, lebten an der Küste unweit des *Scheckigen Hundes* drei Brüder. Der älteste war flinkfüßig, unternehmungslustig und ein Glückskind: Er nahm die Tochter eines Rentierjägers zur Frau und wurde Herr über viele Renherden, zog in die Tundra und ward nicht mehr gesehen. Der jüngste war ein Fährtensucher und Meisterschütze. Auch er heiratete, nahm sich ein Waldmädchen, ging in die Taiga und wurde Jäger. Der mittlere Bruder war von Geburt an lahm und brachte es zu nichts. Er stand früh auf, legte sich spät zur Ruhe, aber was nutzte das? Rentieren konnte er nicht nachsetzen, Tiere des Waldes nicht aufspüren. Keiner weit und breit gab ihm seine Tochter zur Frau, die Brüder hatten ihn verlassen, und er war allein geblieben am blauen Meer. Mit Fischfang fristete er sein Dasein. Aber man weiß ja, wieviel das einbringt ...
Eines Tages saß der bedauernswerte Lahme in seinem Boot und hatte die Angelschnur ins Meer ausgeworfen. Da spürte er plötzlich, wie die Rute heftig in seinen Händen zuckte. Er frohlockte:

Das würde ein Fang! Schon begann er, den Riesenfisch zu zwingen, zog ihn näher und näher ans Boot.

Doch welch ein Wunder! Der Fisch hatte die Gestalt einer Frau! Wirbelte das Wasser auf, wand sich, suchte zu entkommen. Und war dabei von ungewöhnlicher Schönheit: Der glatte Leib schimmerte wie Flußkiesel in einer Mondnacht; die weißen Brüste hatten spitze dunkle Warzen wie Fichtenzapfen; die grünen Augen funkelten feurig. Organ faßte die Fischfrau und hob sie aus dem Wasser. Da umschlang sie ihn, und sie legten sich ins Boot. Vor Glück schwindelte dem lahmen Bruder. Er wußte selbst nicht, wie ihm geschah, ihm schien, das Boot wippe bis in die Wolken. Das Meer wirbelte bis zum Himmel, und der Himmel wirbelte bis hinab zum Meer. Dann aber herrschte plötzlich Stille wie nach einem Sturm. Da sprang die Fischfrau aus dem Boot und schwamm fort. Der Lahme wollte ihr nachstürzen, rief sie und flehte sie an, zurückzukommen, doch sie gab keine Antwort, verschwand in der Meerestiefe.

Solch ein Abenteuer war dem lahmen mittleren Bruder begegnet, der einsam und von allen verlassen an der Küste lebte. Die Fischfrau schwamm davon und blieb verschwunden. Den lahmen Bruder aber quälte fortan verzehrende Sehnsucht. Alle Tage und alle Nächte ging er weinend am Meer auf und ab und rief unentwegt die Fischfrau, beschwor sie, bat sie, sich zumindest von fern zu zeigen.

Bei Flut ging er und sang:
Wo schwimmst du, Große Fischfrau?
Bei Ebbe ging er und sang:
Wo schwimmst du, Große Fischfrau?
Bei Mondenschein ging er und sang:
Dies Meer ist meine Sehnsucht,
diese Wellen sind meine Tränen …
In finsterer Nacht ging er und sang:
Die Erde aber – mein einsam Haupt!
Wo schwimmst du, Große Fischfrau?
Bei Flut ging er und sang, bei Ebbe ging er und sang …

Indes verstrich der Winter, danach der Frühling; eines Tages, schon zur Sommerszeit, humpelte der bedauernswerte Lahme am

Ufer entlang, bis zum Knie im Flutwasser, den Blick aufs Meer – erschien vielleicht doch noch die Fischfrau? – und rief sie ständig – antwortete vielleicht doch noch die Fischfrau? Da vernahm er überraschend eine Art Greinen, als schluchze da bitterlich ein kleines Kind. Er eilte dorthin und traute seinen Augen nicht: Ein nacktes Kind saß auf einer Sandbank am Wasser, Wogen überspülten es und liefen wieder zurück, das Kleine aber weinte und fragte zwischendurch immer wieder: Wer ist mein Vater? Wo ist mein Vater? Das verwunderte den Lahmen noch mehr, und der Ärmste wußte nicht, was tun. Als der Kleine ihn jedoch erblickte, rief er: Du bist mein Vater! Nimm mich zu dir, ich bin dein Sohn!
Das war eine schöne Geschichte! Der Mann nahm seinen Sohn und trug ihn nach Hause.
Der Knabe wuchs rasch heran. Bald fuhr er hinaus aufs Meer. Er wurde ein kühner und kräftiger Jäger. Das Glück begleitete ihn von klein auf: Warf er ein Netz aus, holte er es voller Fische ein, schoß er einen Pfeil ab, durchbohrte dieser ein Seetier. Sein Ruhm drang über Wälder und Berge. Voll Achtung gab man ihm ein Mädchen aus der Waldsippe zur Frau. Kinder wurden geboren, und so entstand und wuchs der Stamm der Fischfrau-Menschen.
Daher singt man an Festtagen:

Wo schwimmst du, Große Fischfrau?
Dein heißer Leib empfängt das Leben,
dein heißer Leib hat uns geboren am Meer,
dein heißer Leib ist der beste Ort auf Erden.
Wo schwimmst du, Große Fischfrau?
Deine weißen Brüste gleichen Robbenköpfen,
deine weißen Brüste nährten uns am Meer.
Wo schwimmst du, Große Fischfrau?
Der stärkste Mann wird zu dir schwimmen,
auf daß dein Leib schwelle
und dein Geschlecht sich mehre auf Erden ...

Dieser Traum zog allmählich auf wie die unerbittlich steigende Flut aus den Tiefen des Ozeans, die für eine Zeitlang das Küstenland, die Gräser und Dünen in den Dämmer einer verzauberten Unterwasser-Scheinwelt taucht.

Und jedesmal hinterließ dieser Traum bei Organ ein langanhaltendes verwirrendes Gefühl. Er glaubte so fest an ihn, daß er keinem Menschen von seiner Begegnung mit der Fischfrau erzählte, wie er auch niemandem von Vorfällen dieser Art im gewöhnlichen Leben erzählt hätte.
Ja, dieser Traum war der Weggefährte des Alten, er kam immer wieder, bescherte ihm Freude, Kummer und unirdische Seelenpein. Und jedesmal aufs neue überraschte er Organ durch seine Unausschöpfbarkeit, durch das Vieldeutige der Anspielungen, die unwahrscheinliche Wandlungen und Sonderbarkeiten bargen. Während Organ darüber nachgrübelte, bestrebt, das Geheimnis aller Geheimnisse zu ergründen – jene ewig unerklärliche, ständig wechselnde Verknüpfung der Traumgeschichte mit dem Leben, die den Menschen unentwegt durch ihre Rätselhaftigkeit und ihre unverständlichen Vorzeichen quälte –, ertappte er sich bei dem Gedanken, daß er trotz aller seelischen Verwirrungen unaufhörlich die Wiederkehr dieser Träume herbeisehnte, unentwegt darauf wartete, erneut der Großen Fischfrau zu begegnen ...
Er traf sich mit ihr am Meer. Ihr Erscheinen zu erwarten, ging er ans Ufer und lief den öden Strand entlang, auf dem sich die Spuren seiner Füße verloren, während reglos schwarze Schatten immer noch von den erloschenen Strahlen der untergegangenen Sonne kündeten. Diese Schatten lagen da wie schwarzer Schnee, über den er leidvoll schritt, erfüllt von heftiger, nicht mehr menschlicher Sehnsucht. Der Schmerz der Liebe, der Schmerz seiner Wünsche und Hoffnungen überwältigte ihn, das Meer jedoch blieb leer und teilnahmslos. Kein Wind, kein Laut, kein Rascheln war in dieser gespannten, schweigenden Welt der Einsamkeit. Er aber wartete, blickte unentwegt hinaus aufs Meer, wartete auf ein Wunder, wartete, daß sie sich zeigte.
Schwer wurde ihm ums Herz, weil geräuschlose Wellen die weißschäumende Gischt einer geräuschlosen Brandung auf seinen Weg schleuderten. Riesigen tanzenden Schneeflocken gleich schwebten lautlos Möwen über seinem Kopf. In dieser taub und stumm gewordenen Weite fühlte er sich verloren, er empfand Übelkeit, spürte, wie ihn mit der Erwartung immer brennender, immer quälender die unbändige, unstillbare Sehnsucht nach ihr überwältigte, und selbst im Traum begriff er, daß er in der Leere der Ein-

samkeit zugrunde gehen mußte, wenn er sie nicht bald sah, wenn sie nicht bald erschien. Da begann er zu schreien, sie zu rufen. Doch er vernahm seine Stimme nicht, denn er hatte keine – stumm war der ganze sonderbare Traum. Und das Meer schwieg. Nur der eigene schwere Atem, unwirklich laut und keuchend, und das unaufhörliche wilde Pochen seines Herzens, das er schmerzhaft bis in die Schläfen hinein spürte, verfolgten, peinigten ihn. Er wußte nicht, wie er sich selbst entrinnen sollte. Fast von Sinnen wartete er auf die Fischfrau, so leidenschaftlich und wild wie ein hoffnungslos Ertrinkender auf Rettung. Er wußte, daß sie allein, die Fischfrau, ihm Glück verhieß, er wußte es und wartete mit letzter Kraft.
Als sie endlich ungestüm aus dem Meer tauchte, ihm entgegenschwamm, den Blick auf ihn gerichtet, und ihr Antlitz vage zwischen den Wogen aufblitzte, brach die Stummheit der Welt zusammen wie unter einem Erdrutsch. Schreiend und jubelnd begrüßte er die Rückkehr der Laute – das wiedererwachte Tosen der Brandung, das Rauschen des Windes und das Gekreisch der Möwen zu seinen Häupten. Schreiend und jubelnd stürzte er ins Meer, ihr entgegen, schwamm zu ihr, so schnell, als hätte er sich in einen Wal verwandelt.
Sie aber, die Fischfrau, harrte seiner, beschrieb stürmische Kreise, schwang sich immer wieder kurz aus dem Wasser, zitternd und in weiten Sprüngen, und in diesen Augenblicken zeichnete sich deutlich ihr lebendiger, sinnenfroher Körper ab – als wäre sie eine ganz gewöhnliche Frau mit kräftigen Lenden, die unversehens ins Meer geraten ist. Er erreichte sie, und sie entschwanden im Ozean.
Sie schwammen nebeneinander, Seite an Seite, sich sogar berührend in ihrer unbeirrbaren, immer schnelleren Vorwärtsbewegung. Eben danach hatte er sich verzehrt in den Qualen der Sehnsucht, der Stummheit, der Einsamkeit. Jetzt waren sie beisammen. Mit unvorstellbarer Kraft und Schnelligkeit stürmten sie in die schimmernde Ferne des nächtlichen Ozeans, dessen ungewöhnliches, aus der Tiefe kommendes Leuchten den vagen Strich des Horizonts überstrahlte, auf ihrer Jagd dorthin, zu dem schemenhaften Horizont, durchschnitten sie mit ihren Körpern die hochschäumenden Kämme der sich ihnen unaufhörlich entgegenstürmenden Wogen, sie überwanden unendliche Wellengebirge, bald sich hinaufschwingend und bald hinabgleitend, erfaßt von der

Freude eines triumphierenden Fluges – hinauf und hinab, von Wellenberg zu Wellenberg, von Kamm zu Kamm. Und neben ihnen, sie begleitend und nicht von ihrer Seite weichend, als hüpfender, spiegelnder Fleck, gestreckt im Lauf – der über die Wogen jagende gelbe Mond. Nur der Mond und sie beide, er und die Fischfrau, geboten über diese grenzenlose Ozeanweite, nur sie und der Ozean! Das war der Gipfel ihres Glücks, der Rausch der Freiheit, das Fest ihres Wiedersehns ...
Sie jagten dahin, pausenlos und mit Macht, beherrscht von dem unstillbaren Wunsch, möglichst schnell an den Ort auf Erden zu gelangen, der ihnen bestimmt war, wo sie, entflammt von Leidenschaft, sich endlich vereinen konnten, um in einem blitzartigen Augenblick die ganze Süße und die ganze Bitternis von Beginn und Ende des Lebens zu erfahren ...
Zielstrebig schwammen sie und unaufhaltsam, in der Hoffnung, bald den Hafen ihrer Wünsche zu erreichen.
Und je schneller sie schwammen, desto wilder entbrannte in ihm die heftige Ungeduld des Fleisches. Er schwamm, ohne zu ermüden, drängte mit aller Kraft voran wie ein Lachs, der seine gesamte Lebensenergie, bis zum allerletzten Tröpfchen, zum Laichplatz trägt. Er schwamm, bereit, vor Liebe zu sterben. Die rätselhafte Fischfrau jedoch lockte ihn weiter und weiter in die Tiefe des Ozeans, flog immer noch in einer Spritzerwolke dahin, in einem strahlenden Regenbogen, und entzückte Organ durch die Perlglut, das Ungestüm und die Geschmeidigkeit ihres Leibes. Es verschlug ihm den Atem, so vollkommen war ihr vom Blau und Weiß der wirbelnden Wasser umspülter Körper.
Sie sprachen kein Wort, blickten einander nur unentwegt an, bemüht, die in den Wassergüssen und Spritzern verschwimmenden Umrisse der Gesichter ganz in sich aufzunehmen, und jagten unaufhaltsam durch den Ozean in ungeduldiger, immer gespannterer Erwartung des Ortes und der Stunde, die ihnen das Schicksal ausersehen ... Aber jenen Ort erreichten sie nie, und nie hob sie an, jene Stunde ...
Meist endeten seine Träume abrupt – auf einmal brach alles ab, war verflogen wie Rauch. Dann befiel ihn Ratlosigkeit. Ernsthaft verstimmt, empfand er noch lange danach Trauer, fühlte sich unbefriedigt, enttäuscht. Mitunter, nach langer Zeit, ließ er sich alles

von Anbeginn wieder durch den Kopf gehen und grübelte darüber nach, was es wohl bedeuten mochte und was es bezweckte, denn insgeheim glaubte er, was ihm geträumt, sei mehr als ein Traum. Denn einen gewöhnlichen Traum, wenn man sich seiner überhaupt erinnert, vergißt man bald für immer. Ein nichtiger Traum hätte ihm doch keine Kopfschmerzen bereitet – was träumt man nicht alles! Die Fischfrau jedoch vergaß Organ nie, er dachte an sie, beschäftigte sich mit ihr, als hätte es sie wahrhaftig gegeben und als sei sie noch Wirklichkeit. Deshalb wohl nahm sich der Alte alles so zu Herzen, erlebte er seine Begegnung mit und erwartete seine Trennung von der Fischfrau im Traum als tatsächliches Ereignis.

Am heftigsten quälte er sich jedoch, wenn der Traum schmerzlich endete. Dann packten ihn Verzweiflung und tiefe Betrübnis, vergeblich suchte er eine Erklärung für den rätselhaften Ausgang.

Einmal träumte ihm, sie würden sogleich den ersehnten Ort erreichen, aus der Ferne winkte bereits ein Ufer. Es war das Ufer der Liebe, dorthin eilten sie, strebten sie mit Macht, getrieben von dem stürmischen Verlangen, es möglichst schnell zu erreichen, um sich dort einander hinzugeben. Schon war dieses Ziel gar nicht mehr weit, da stießen sie plötzlich gegen den Sandboden einer Untiefe, wo das Wasser ihnen nicht einmal bis zum Knie reichte und weiterzuschwimmen unmöglich war. Organ erschrak und sah sich um: Die Fischfrau schlug wie toll um sich in dem seichten Wasser, bemühte sich vergebens, vom tückischen Grund loszukommen. Mit kaltem Schweiß bedeckt, eilte Organ ihr zu Hilfe. Aber eine Ewigkeit verging, während er, in dem wie ein Sumpf nachgebenden Boden einsinkend, auf Knien zu ihr kroch, die ihm nicht gehorchenden, weich gewordenen fremden Beine nachziehend. Schon war die Fischfrau ganz nah, fast hätte er die Hand nach ihr ausstrecken können, doch sie zu erreichen war qualvoll, er keuchte, verschluckte sich, versank in dem schlammigen Boden, verhedderte sich in klebrigen Wasserpflanzen. Und noch quälender war zu sehen, wie seine im Sand steckengebliebene wunderschöne Fischfrau zappelte und um sich schlug. Als er sich endlich zu ihr durchgekämpft hatte und, sie im Arm, taumelnd vor Benommenheit aufs Ufer zuging, spürte er deutlich, wie angstvoll, zum Zerspringen, ihr Herz schlug – als wäre sie ein angeschosse-

ner und nach einer Verfolgungsjagd eingefangener Vogel. Während er sie beim Tragen fest an sich preßte und ihn Zärtlichkeit und Mitleid erfüllten, als trüge er auf den Armen ein hilfloses Kind, stieg ihm ein Schluchzen in die Kehle. Tief bewegt, schämte er sich doch vor der Fischfrau und unterdrückte das Weinen. Er trug sie mit stockendem Herzen, glitt schwebend voran, verhielt beim Fluge in der Luft, bei jedem Schritt um sie besorgt. Sie aber, die Fischfrau, flehte ihn an, beschwor ihn unter Tränen, er möge sie zurücktragen in die See, in die Freiheit. Sie keuchte, sie verging, sie konnte ihn nirgendwo sonst lieben als im großen Meer. Sie weinte und sah ihn schweigend an mit so bittenden, durchdringenden Augen, daß er es nicht länger ertrug. Er machte kehrt, ging über die Sandbank zum Meer, tiefer und tiefer ins Wasser, und ließ sie schließlich behutsam aus seinen Armen gleiten.
Die Fischfrau schwamm hinaus in die See, er aber blieb zurück, betäubt und einsam. Er blickte ihr nach und erwachte laut schluchzend ...

Wo schwimmst du, Große Fischfrau?
Dies Meer ist meine Sehnsucht,
diese Wasser sind meine Tränen.
Die Erde aber mein einsam Haupt!
Wo schwimmst du, Große Fischfrau?

Schwer, geradezu unerträglich war es für ihn, sich daran zu erinnern, als hätte er in der Tat die Fischfrau im Arm gehalten und sie selbst freigegeben. Woher mochte das kommen? Konnte es nicht sein, daß Wünsche des Menschen im Traum erfüllbar wurden? Von wem hing das ab? Wer und was steht dahinter, was hat es zu sagen, was geht daraus hervor? Organ verlor sich in Mutmaßungen, versuchte, von diesen Gedanken loszukommen, die Fischfrau zu vergessen, nicht mehr an sie zu denken.
Doch sooft er in See ging, dachte er unwillkürlich doch wieder an sie und alles, was damit zusammenhing. Auf dem Meer durchlebte er die Geschichte seines ungewöhnlichen Traumes gleichsam von neuem und fragte sich, nüchtern überlegend, verwundert: Warum nur ging der Traum ihm nicht aus dem Sinn, was sollte in seinen Jahren diese Sehnsucht nach einer nicht existierenden Fischfrau?

Er machte sich Vorwürfe und mußte sich dennoch eingestehen: Ohne sie wäre er sich selbst schon eine Last – war er doch bereits gealtert, die Kräfte hatten nachgelassen und das Augenlicht, die Schönheit war geschwunden, Zähne waren ausgefallen. Alles, wessen er sich einst rühmen durfte, schwand dahin, wurde zerstört, der Tod lauerte bereits, doch seine Brust ergab sich nicht, Wünsche lebten in ihr wie in der verflossenen Jugend – welche Not, daß die Seele nicht altert! Daher diese Gedanken, daher diese Träume, denn nur im Traum und in Gedanken fühlt sich der Mensch unsterblich und frei. In seinen Sehnsüchten schwingt er sich auf zum Himmel und taucht hinab in die Tiefe der Meere. Darin liegt ja auch seine Größe, daß er bis zu seiner Todesstunde über alles nachdenkt, was es gibt im Leben. Der Tod aber achtet dessen nicht – was kümmert es ihn, daß da ein Mensch gelebt, welchen Höhenflug er im Denken erreicht und welche Träume er gesehen hat, was er dargestellt, wie weit und wozu sein Verstand gereicht hat? All das ist ihm gleich. Warum? Weshalb ist es so eingerichtet auf Erden? War die Fischfrau auch nur ein Traum, wenn dieser Traum ihn doch für ewig auch dort begleitete in jener Welt...

Wie Organ an die Fischfrau glaubte, so glaubte er auch, daß das Meer ihm Gehör schenkte. Hier atmete er frei, hing ungehindert seinen Gedanken nach. Hier ließ er seinen Gefühlen freien Lauf. In seine Grübeleien versunken, fragte er sich sogar mitunter: Bin ich vielleicht hier mit ihr entlanggeschwommen?

In solchen Minuten stopfte er frisch seine Pfeife. Genießerisch sog er den Tabakrauch ein. Wo mag nur dieses Kraut wachsen – dem Schein nach giftig und erleichtert doch das Herz ... In der Mandschurei, sagen die Kaufleute. Von dort wird es gebracht. Fern ist diese Mandschurei, ach, so fern, keiner von uns war je dort ... Ob da wirklich der Tabak wächst wie Gras im Wald? Was gibt es nicht alles auf Erden, Wunder über Wunder ...

Die Sonne hatte den Mittag bereits überschritten. Ein paarmal war sie hinter Wolken verschwunden, die plötzlich hinterm Horizont auftauchten, als verberge sich dort ein Unwetter-Horst – dann trübte sich das Meer jedesmal im Nu, sein Antlitz verfinsterte sich, rundum wurde es düster und ungemütlich. Sooft sie

aber wieder hervorblickte, zwischen den Wolken aufstrahlend, übersäte sie das Meer mit Myriaden verspielter, badender Lichtpünktchen, die so glitzerten, daß die Augen schmerzten, und wieder wurde einem froher ums Herz.
Kirisk hatte sich mittlerweile an das Meer gewöhnt, langweilte sich sogar schon ein wenig, war aber dennoch voller Staunen über die gewaltige Größe, die Unermeßlichkeit des Meeres. So weit sie fuhren – ein Ende war nicht abzusehen. Auf der Erde, wie groß sie auch sein mochte, hätte er darüber nie so gestaunt wie auf See.
Die Erwachsenen aber wunderten sich kein bißchen. Für sie war alles gewohnt. Emraijin und Mylgun ruderten noch immer gleichmäßig, senkten die Ruder, sich abstoßend, ohne Eile in die Wasseroberfläche. Sie arbeiteten unermüdlich und gestatteten nicht einmal Organ, sie für eine kurze Ruhepause abzulösen, sagten, er möge ihnen lieber auf dem Rückweg helfen, wenn sie schwer beladen fuhren, jetzt solle er nur ruhig steuern. Der alte Organ mit seinem langen Hals und dem Adamsapfel saß geduckt wie ein auf Beute lauernder Seeadler am Heck. Meist schweigsam, in Gedanken versunken.
Das Boot aber fuhr dahin, glitt wiegend über die Wellen. Immer noch herrschte der gleiche leichte Seegang. Und unverändert Bodenwind.
So fuhren sie …

«Atkytschch! Atkytschch! Da ist die Insel! Die Kleine Zitze!» rief plötzlich Kirisk froh und zupfte Organ am Ärmel.
«Wo ist die Insel?»
Organ wollte es nicht glauben, er schirmte die Augen mit der Hand. Auch die Ruderer wandten erstaunt den Kopf, wohin der Junge wies.
«Unmöglich», murmelte der Alte, denn der Junge zeigte in eine ganz falsche, für sie überraschende Richtung.
Kirisk hatte nicht gelogen. Dort, in weiter Ferne, dunkelte im Meer tatsächlich ein reglos erstarrter, unebener schmutzig-brauner Streifen, als rage mitten aus dem Wasser ein Stück Land. Lange spähte Organ dahin.
«Nein, das ist keine Insel», sagte er schließlich überzeugt. «Bis

zur Kleinen Zitze müssen wir noch geradewegs auf den Sonnenuntergang zuhalten, so, wie wir fahren. Das dort liegt ganz abseits. Und ist keine Insel», fuhr er fort. «Meiner Meinung nach – bestimmt keine Insel.»
«So eine Insel hat es in diesen Gewässern noch nie gegeben, nie haben wir eine solche Insel gesehen», sagte Mylgun. «Die Kleine Zitze liegt links, was das ist, weiß ich nicht.»
«Vielleicht Nebel oder eine Wolke?» rief Emraijin. «Oder bricht sich eine Woge, nur, warum bewegt sie sich nicht?»
«Ja, wenn wir das wüßten ... Nebel oder eine Wolke? Weit ist es von hier. Aber eine Insel ist es nicht», überlegte Organ. «Doch falls es Nebel ist, erwartet uns nichts Gutes.»
«Hauptsache, der Wind springt nicht um», meinte Emraijin und legte sich in die Ruder. «Steht an einem Fleck und rührt sich nicht. Wir jedenfalls haben dort nichts zu suchen, mag es sein, was es will ...»
Zunächst war Kirisk enttäuscht, daß sie mit seiner Entdeckung nichts Rechtes anzufangen wußten, doch schnell war das vergessen.
Die Jäger aber hatten sich nicht geirrt. Bald tauchte zur Linken die Kleine Zitze aus dem Wasser. Das war schon außer allem Zweifel. Die Insel erwies sich als ein höckriges Stück Land und sah in der Tat aus wie eine Zitze.
Beim Anblick der Insel lebten alle auf, besonders Kirisk – also war das Meer doch nicht unendlich. Hier nun begann das spannendste Abenteuer der Fahrt.
«Na, siehst du», Organ tätschelte Kirisk durch die warme Kapuze. «Der Scheckige Hund hat uns zur Insel geführt, obwohl er selber zu Hause geblieben ist. Wäre er uns nachgelaufen, wäre er doch ertrunken?»
«Und ob!» bestätigte Kirisk, auf das Spiel eingehend.
«Wir brauchen den Scheckigen Hund ja gerade, damit er unser Heim bewacht und damit wir, ihn in Gedanken vor Augen, den Weg nicht verlieren, unsere Jagdplätze erreichen. Was meinst du, werden wir den Scheckigen Hund noch brauchen?»
«Nein», entgegnete Kirisk, wiederum fest überzeugt. «Jetzt sehen wir selber, wohin wir fahren müssen.»
«Na, überleg», ermahnte ihn Organ. «Du bist doch gescheit, soll-

test lieber mal nachdenken.» Kirisk verstand nicht, wozu auf dem Meer bei dieser fernen Insel der *Scheckige Hund* noch gut sein konnte.
«Was sollen wir hier mit unserm Scheckigen Hund?»
«Und wie willst du heimfinden? Welche Richtung einschlagen? Na? Erraten? Du mußt dir merken, woher wir kommen, welche Inselseite auf den Scheckigen Hund blickt. Dann wirst du auch den Weg zurück wissen, wenn es nach Hause geht.»
Insgeheim gab Kirisk ihm recht, doch seine Eigenliebe war verletzt, und wohl deshalb fragte er leicht aufbrausend: «Wenn es aber finster ist? Wenn wir nachts auf dem Meer sind und nichts mehr sehen, was dann? Wie sollen wir da erkennen, wo der Scheckige Hund liegt?»
«Na und? Auch dann finden wir es heraus», erwiderte Organ ruhig. «Dafür gibt es Sterne am Himmel. Die Sterne täuschen nie, sie weisen uns stets den Weg. Du mußt nur wissen, wo welcher Stern steht. Wirst es schon lernen. Kennst du das Sternbild der Ente Luwr?»
«Ich glaube schon», sagte Kirisk unsicher mit einem Seitenblick zum Vater. Emraijin half dem Sohn aus der Verlegenheit: «So ungefähr kennt er's. Ich habe es ihm einmal gezeigt. Aber das reicht nicht. Er muß noch lernen ...»
So fuhren sie dahin und näherten sich allmählich der Insel. Als schon einzelne Steine und Felsen am Ufer zu erkennen waren, lenkten sie das Boot um die Insel herum und betrachteten aufmerksam den Ufersaum, um die Lagerstätte der Robben auszumachen. Kirisk ließ den Blick eifrig wandern, zu gern wollte er als erster eine Herde entdecken. Man hatte ihn gewarnt, falls er Tiere bemerkte, ja nicht unnütz Lärm zu schlagen. Organ hatte gesagt, die Robben lägen zwischen den Ufersteinen am Wasser, sie kämen an Land gekrochen, um sich in der Sonne zu wärmen. Man müsse herausfinden, wo sie lagerten, dann verdeckt anlegen und sich unbemerkt heranschleichen, um sie nicht zu erschrecken. Kirisk aber erspähte nichts. Die Ufer lagen öde und leer. Weit und breit nichts als Steine, verwittert im Laufe der Zeit, formlos, in großen Brokken. Rings um die Insel toste als weißschäumender, brodelnder Ring die Brandung, ständig bemüht, die aufeinandergetürmten vereisten Steine in steilem Satz zu überspringen. Nein, auf dieser

kleinen Insel fiel Kirisk nichts ins Auge. Nur Steine über Steine und keinerlei Lebewesen.
Mylgun sah sie als erster. Und während Kirisk noch den Kopf hin und her drehte, um auszumachen, wo denn die Robben steckten, entfernte sich das Boot von jenem Ort, um vom Lagerplatz aus nicht gesehen zu werden.
Dem alten Organ aber war klar, daß Kirisk nichts wahrgenommen hatte.
«Na, hast du sie entdeckt?» fragte er.
Der Junge traute sich nicht zu lügen.
«Nein», bekannte er.
«Wir fahren noch einmal heran», befahl Organ. «Du mußt lernen, sie inmitten der Steine zu unterscheiden. Sonst wird aus dir nie ein Jäger.»
Die Ruderer gehorchten, lenkten das Boot an den alten Platz, obwohl das gewagt war. Eine einzige Robbe brauchte nur Alarm zu schlagen, und schon würde sich die ganze Herde ins Wasser stürzen. Doch zum Glück bemerkten die Robben die Jäger nicht. Sie lagen hinter einem Steinwall, inmitten von unförmigen, wild verstreuten Gesteinsbrocken, fast unmittelbar am Wasser.
«Siehst du den spitzen Stein dort, der aussieht wie ein abgebrochener Hauer, und nicht weit davon so einen rötlichen, vereisten Hügel? Sieh mal zwischen denen durch!» sagte Mylgun zu Kirisk.
Kirisk befolgte seinen Rat. Mylgun und Emraijin waren beharrlich bemüht, das Boot auf der Stelle zu halten. Da endlich erblickte Kirisk die Rücken der Seetiere – ihre riesigen geschwänzten Leiber. Die gefleckten glänzenden grauen Rücken lagen regungslos. Von fern vermochte sie ein ungeübtes Auge von den Steinen nicht zu unterscheiden.
Im selben Augenblick packte den Jungen heftige Erregung. Jetzt ging's los, da waren sie, die Seetiere! Nun begann die große Jagd!
Als sie dann anlegten, klopfte sein Herz wild, wußte er sich nicht zu fassen vor Verwegenheit und Entzücken. Vor Verwegenheit, weil er sich in diesem Moment stark und wichtig vorkam. Und vor Entzücken, weil er sah, wie zügig und aufeinander abgestimmt die Jäger handelten: Sie fuhren das Boot dicht ans Ufer, Emraijin und der alte Organ hielten es mit Ruderschlägen in der Brandung,

Mylgun aber paßte einen günstigen Augenblick ab, sprang hinaus auf den Geröllrand und zog das Boot mit einer Leine, die sie ihm zuwarfen und die er sich über die Schulter nahm, näher heran, worauf der Vater die Winchesterbüchsen ergriff und auch ans Ufer sprang. Ihm folgte dann, unterstützt vom alten Organ, Kirisk, wenn er sich dabei auch nasse Füße holte und vom Vater einen leisen Verweis einstecken mußte.

Im Boot blieb nur Organ, um es beim Ufer zu halten, sie aber – Emraijin, Mylgun und Kirisk – eilten zu dritt zum Lagerplatz. Sie bewegten sich instinktiv gebückt am Ufer entlang, in schnellen Sprüngen von einer Deckung zur anderen. Kirisk blieb nicht zurück, er spürte nur, wie sein Herz wild in der Brust klopfte und ihm hin und wieder schwindelte vom erhebenden Gefühl der Freude und Erregung.

Könnten ihn doch jetzt, da er mit großen Jägern die Seetiere anpirschte, die Leute der Fischfrau sehen! Könnte ihn jetzt doch die Mutter sehen, wie stolz wäre sie auf ihn, den künftigen großen Jäger und Ernährer der Sippe! Könnte ihn doch jetzt Musluk sehen, mit der er oft gespielt hatte, von nun an aber nie mehr spielen würde, weil er von heute an ein Jäger war – ach, könnte sie nur sehen, wie er, fern vom heimatlichen *Scheckigen Hund*, ein unbekanntes, tosendes Ufer entlangeilte, inmitten von zerklüfteten Felsen und Steinen zum Lagerplatz der Robben. Was tat's, daß die Winchesterbüchsen Mylgun und Emraijin trugen:

Der Vater hatte versprochen, ihm ein Gewehr in die Hand zu geben, sowie es Zeit wäre zu schießen.

So schlichen sie sich an den Lagerplatz heran, dann krochen sie auf die Erde – auch Kirisk. Über die scharfen Steine und über das zerschrammte Eis zu kriechen, war schwer und unbequem, aber Kirisk begriff, es mußte sein.

Sie krochen schwer atmend, schweißüberströmt, hin und wieder Atem schöpfend, Ausschau haltend, sich umblickend. Und erstarrten, verstummten, als der Augenblick gekommen war, anzulegen und zu schießen.

Nie im Leben würde Kirisk diese Stunde vergessen, diesen Frühlingstag, diese kalte, steinige Insel inmitten des endlosen, gewaltigen Meeres und darauf die zerklüfteten, dunkelrötlichen Felsbrocken, von einer wahnwitzigen Kraft aus dem Boden gerissen

und überallhin geschleudert, diese kahle, gefrorene Erde, noch nicht abgetaut vom Eis, hart und leblos, auf der er bäuchlings lag, neben sich den Vater und Mylgun, die sich zu schießen vorbereiteten, vor sich aber, in einer flachen Mulde unmittelbar am Meer, inmitten der bemoosten, unförmigen, von Winden und Stürmen verwitterten Gesteinstrümmer, eine kleine Robbenherde, die einstweilen noch nichts argwöhnte und ruhig liegenblieb. Und über ihnen, über dem Lagerplatz, über der Insel, über dem Meer erstreckte sich ein dunstiger, erstarrter Himmel, der, wie ihn dünkte, gespannt des ersten Schusses harrte.
Wenn ich nur treffe! dachte er, während er die Schulter an den Kolben der Winchesterbüchse drückte, die ihm der Vater gereicht hatte.
In jenem kurzen, langersehnten Augenblick, da er sich stolz bereits als ruhmreichen, kühnen Jäger sah, bestürzte ihn plötzlich, daß die lebendigen Rücken dieser unförmigen, fetten Tiere, die sich in Erwartung einer kargen Sonnenwärme in der Steinsenke drängten, so wehrlos und verwundbar waren. Doch im Nu waren diese Skrupel verflogen. Er besann sich, daß er ein Jäger war, daß die Menschen von ihm Beute erwarteten, daß sie ohne Robbenfleisch und Robbenfett hungern und darben müßten, und dann durchzuckte ihn der Gedanke, er müsse als erster schießen und zeigen, was in ihm steckte. Er nahm allen Mut zusammen und zielte mit sicherer Hand, wie der Vater geraten hatte, unter die linke Flosse, ein wenig höher und eine Spur weiter rechts ... mitten ins Herz des kräftigen, gefleckten Seehundes. Als ahne es Ungutes, lauschte das Tier plötzlich aufmerksam, obwohl es die Jäger nicht sah und auch nicht wittern konnte – der Wind blies vom Meer. Um besser zielen zu können, mußte Kirisk etwas zur Seite rücken, irgendein Schatten war da vorn hinderlich, äußerst behutsam mußte er seine Lage verändern, aber da löste sich ein Stein unter seinem Ellenbogen, rollte den Hang hinab und riß andere Steine mit. Der gefleckte Seehund stieß ein kurzes Bellen aus, die Herde schrak hoch und wälzte sich heulend zum Wasser. Doch in dieser Sekunde, noch ehe die Tiere sich in Bewegung gesetzt hatten, ertönte ein Schuß, der eine große Robbe seitlich der Herde umwarf – Mylgun hatte die Lage gerettet. Kirisk verlor den Kopf.
«Schieß!» befahl Emraijin.

Die Schulter erhielt einen heftigen Schlag, der Schuß dröhnte, und alles versank in Totenstille. Kirisk schämte sich unsäglich, daß er nicht getroffen hatte und die Jagd seinetwegen scheiterte. Doch der Vater steckte ihm eine neue Patrone zu. «Lad und schieß schnell!» Was doch gar nicht so schwierig sein sollte: Laden und Schießen – wie oft hatte er das im Handumdrehen getan, als er es noch lernte! – machten ihm jetzt Mühe. Das Schloß seiner Winchester klemmte. Inzwischen feuerte Mylgun aus der Hüfte noch zweimal auf die zum Wasser hastenden Robben. Eine verwundete er, sie wand sich in Zuckungen am Uferrand. Die Jäger liefen dorthin. Die Herde verschwand bereits im Meer, das am Ufer zurückgebliebene angeschossene Tier aber mühte sich nach Kräften, ins Wasser zu kriechen. Als die Menschen hinkamen, hatte die Robbe das Wasser bereits erreicht; mit ihren Flossenfüßen arbeitend und einen blutig wogenden Fleck hinter sich herziehend, glitt sie hinein, tauchte immer tiefer in das durchsichtige Meer. Deutlich sah man ihre schreckensstarren Augen und den hell fliederfarbenen Streifen am Rücken vom Nacken bis zum Schwanzende. Mylgun ließ die hochgerissene Winchester sinken – die Robbe jetzt fangen zu wollen, war sinnlos.

«Laß ab, sie ertrinkt ohnehin», sagte Emraijin.

Kirisk aber stand atemlos da, niedergeschlagen, mit sich unzufrieden. Er hatte ganz anderes erwartet. Ein schöner Jäger war er!

Und der Junge verstummte, verbiß sich mit Macht Tränen der Scham. So nahm er sich alles zu Herzen.

«Du wirst schon noch Glück haben», beschwichtigte ihn Mylgun, als sie später darangingen, die erlegte Robbe auszuweiden. «Gleich fahren wir zur Mittleren Zitze, dort sind mehr Tiere.»

«Hätte ich bloß nicht zu hastig ...», setzte Kirisk an, doch der Vater unterbrach ihn: «Versuch nicht, dich herauszureden. Mit dem ersten Schuß wird keiner zum Jäger. Wart ab, schießen kannst du doch, und die Beute läuft dir nicht davon.»

Kirisk schwieg sich aus, war aber insgeheim den Erwachsenen dankbar, weil sie ihm keine Vorwürfe machten. Jetzt nahm er sich fest vor, bei der Jagd stets Ruhe zu bewahren, sich nicht ablenken zu lassen, nicht aufs Geratewohl zu schießen, sondern, wie der Vater lehrte, erst, wenn Auge und Atem «mit dem Visier verschmelzen». Dann erst abdrücken! Die Robbe war groß und

schwer, noch ganz warm, wie lebendig. Zufrieden rieb sich Mylgun die Hände, als er das Tier vom Bauch her ausnahm.
«Vier Fingerbreit Fett, siehst du? Schön!» Kirisk hatte seinen Kummer bereits vergessen und half mit Feuereifer. Emraijin war indes zum alten Organ gegangen, um das Boot in der Nähe an Land zu ziehen.
Bald kam er zurück, besorgt und voller Hast.
«Wir haben keine Zeit zu verlieren, beeilt euch!» Und nach einem Blick auf den Himmel setzte er hinzu, an keinen von ihnen gewandt: «Das Wetter gefällt mir nicht ...»
Rasch hatten die Jäger die Robbe ausgeweidet, behielten von den Innereien nur Leber und Herz; den Tierkörper schleppten sie auf zusammengebundenen Stangen zum Boot. Kirisk lief hinterdrein, er trug die beiden Winchesterbüchsen.
Am Ufer neben dem Boot erwartete sie Organ. Der alte Mann freute sich. «Mag unser höchster Gott Kurng nur vernehmen, wie zufrieden wir sind! Für den Anfang ist das gar nicht schlecht!» erklärte er und zückte sein Messer. Vor ihnen lag das Wichtigste nach der Jagd – der unverzügliche Verzehr der rohen Robbenleber. Organ hockte sich über den aufgeschlitzten Tierkörper und zerschnitt die Leber in kleine Teile. Die Jäger würzten die Leberstückchen mit etwas Salz, schmatzten und schluckten genießerisch. Die Leber war sehr schmackhaft – zart, warm, sättigend. Sie schmolz im Mund, überzog die Zunge mit fettem Saft. Kirisks Traum hatte sich erfüllt – wie ein echter Mann aß er rohe Leber bei der Jagd!
«Iß nur, iß mehr!» riet Organ dem Jungen. «Die Nacht wird kalt, du wirst durchfrieren. Leber aber wärmt vortrefflich. Sie ist das beste Mittel gegen alle Krankheiten.»
Ja, das war herrlich. Richtig gesättigt, verspürten sie alsbald heftigen Durst. Das Wasser aber war in einem Fäßchen im Boot.
«Das Zerteilen des Tiers hat Zeit bis später», sagte Emraijin, als alle satt waren, und blickte erneut besorgt zum Himmel.
«Das kommt zurecht», meinte auch Organ. «Und Tee wärmen wir uns zur Nacht, wenn wir uns auf der Mittleren Zitze eingerichtet haben. Vorerst kommen wir so aus. Wir wollen lieber aufladen.»
Vor der Abfahrt vergaßen die Jäger nicht, die Erde zu bewirten. Sie

verstreuten das kleingeschnittene Robbenherz und baten dabei den Herrn der Insel, er möge ihnen auch beim nächstenmal Erfolg schenken. Dann fuhren sie wieder hinaus aufs Meer.
Die *Kleine Zitze* blieb zurück. Die einsame, verwaiste kleine Insel inmitten des düsteren Wassers weckte ein Gefühl des Betroffenseins. Sie hielten Kurs auf die *Mittlere Zitze*. Schon ging der Tag zur Neige. Die Männer legten sich in die Ruder, beeilten sich, um noch bei Tageslicht die *Mittlere Zitze* zu erreichen, wo sie das Boot an geschütztem Ort festmachen und übernachten wollten. Bald war die *Kleine Zitze* verschwunden, gleichsam ins Meer getaucht, doch die mittlere war noch nicht zu sehen. Wieder erstreckte sich weit und breit nur Wasser.
Während der Robbenjagd hatte sich das Meer merklich verändert. Der Seegang war jetzt stürmischer, stärker. Noch rollten die Wassermassen in die alte Richtung, doch der Wind war bereits umgeschlagen. Das Boot wurde nun viel härter gerüttelt und geschaukelt. Vor allem aber beunruhigte die Jäger der Himmel. Was verhieß er? Unbegreifliches und Unerwartetes zu dieser Jahreszeit! Dunstschwaden, die wer weiß woher kamen, bedeckten den Himmel mit einem wogenden weißlichen Schleier, als werde durch den Höhenwind von fern tobenden ausgedehnten Waldbränden Rauch herangetrieben. Und obwohl diese Trübung nur den Himmel überzog und keinen im geringsten störte, verfinsterten sich die Mienen.
«Was braut sich da nur zusammen?» murmelte Organ und blickte sich besorgt um.
Jetzt fuhren sie voller Spannung, erwarteten bei jedem Ruderschlag, daß vor ihnen Land auftauchte – die *Mittlere Zitze*, die bequemste und zuverlässigste von allen dreien.
Indes hatte der Himmel sogar aufgeklart, die Sonne lugte wieder vom Meeresrand, wenn nicht gar vom Rand der Welt – zu fern und unwirklich sah das aus. Man konnte in die Sonne sehen, ohne sich abzuwenden. Klar umrissen und purpurrot, erlosch sie doch bereits, leuchtete nur noch matt in jenem fernen rötlichen Rauchschleier. Der Himmel hatte sich geöffnet, und wieder beherrschten Licht und Frieden die Welt. Das genügte, um die Unruhe zu vertreiben. Die Menschen auf dem Meer genossen schon im voraus die Geborgenheit und Erholung auf der Insel.

«Wart nur, gleich taucht die Mittlere Zitze vor uns auf», sagte Organ zu dem neben ihm sitzenden Kirisk und klopfte ihm ermunternd auf den Rücken.

Den Jungen plagte schon lange heftiger Durst, aber noch bezwang er sich, befolgte in kindlicher Naivität strikt das Gebot des Vaters. Dieser hatte ihm am Vorabend gesagt, bei einer Seefahrt sei das Trinkwasser stets knapp, und man dürfe nicht einfach unbedacht trinken wie zu Hause. Sogar auf allen drei Inseln finde sich kein Tropfen Süßwasser. Das Boot aber dürften sie nicht unbegrenzt beladen. Zu trinken gebe es nur, wenn alle etwas bekämen. – Während jenes hellen Zwischenspiels, als am plötzlich aufgeklarten Himmel die Sonne hervorlugte, spürte der Junge die Güte des alten Organ.

«Atkytschch! Ich habe solchen Durst!» rief er tapfer lächelnd mit einem Blick auf den Vater.

«Soso!» Verständnisvoll schmunzelte Organ. «Kein Wunder nach dieser Leber! Natürlich! Wollen wir nicht alle trinken?»

Emraijin und Mylgun nickten. Das freute Kirisk – also hatten alle Durst, nicht nur er allein.

«Na, genehmigen wir uns einen Schluck, und dann stopfen wir das Pfeifchen!» Mit diesen Worten klemmte der alte Organ das Steuerruder fest, hob vom Bootsgrund das Wasserfäßchen, stellte es handlich hin und goß das Wasser in dünnem Strahl über einen Schnabel in eine innen verzinkte Kupferkelle. Das Wasser war kalt und rein – es stammte aus der Quelle am seeabgewandten Hang des *Scheckigen Hundes*. Dort gab es das beste Wasser, klar und wohlschmeckend. Im Sommer roch es nach Gräsern und feuchter Erde.

Die Kelle hielt Kirisk unter den Strahl. Zu gern hätte er sich schnell satt getrunken. Als die Kelle halbvoll war, unterbrach der alte Organ den Strahl mit einem Spund. «Trink jetzt», sagte er zu Kirisk. «Und dann gibst du den anderen. Verschütte aber nichts!» warnte er noch.

Zuerst trank Kirisk gierig, dann schon langsamer, und da spürte er, das Wasser roch bereits nach gequollenem Holz.

«Hast du genug?» fragte Organ.

«Ja.»

«Ich seh's an deinen Augen – noch nicht ganz. Sei's drum. Ich gebe dir noch eine Kleinigkeit. Leber ist was Kerniges, an Land könnte man danach einen ganzen Eimer trinken», erläuterte der Alte, während er Kirisk noch etwas in die Schöpfkelle goß. – Schließlich war sein Durst gestillt, und er begriff, wie recht die Erwachsenen hatten, wenn sie sagten: Oh, uns ist ein Druck vom Herzen gewichen!

Dann erhielten auch die Ruderer je eine Dreiviertelkelle. Kirisk reichte sie ihnen persönlich. Jetzt hatte er nichts dagegen, daß auch der Vater und Mylgun tranken, soviel sie Lust hatten. Der Älteste Organ hielt es jedoch für angebracht, dem Jungen zu erklären, warum er ihnen je eine Dreiviertelkelle eingoß: «Du bist noch schmächtig, aber was sind sie für Kerle! Und müssen schwer arbeiten! Rudern macht großen Durst.»

Die beiden Männer hatten tatsächlich im Nu ihre Kellen geleert, wollten noch etwas nachbekommen. Diesmal erachtete es der alte Organ für nötig, sogar die Ruderer zu ermahnen: «Übertreibt's nicht, Brüder! Ihr sitzt nicht im Fluß!»

Emraijin und Mylgun lächelten nur. Wissen wir ja, hieß das, aber was ist da zu machen – wir hatten Durst.

Sogar Organ wiegte, nachdem er seinen Anteil getrunken hatte, schmunzelnd den Kopf. «Tja, wär gar nicht übel, an einem Fluß zu sitzen. Was für eine Kraft steckt doch in einer rohen Leber ...»

Dann stopfte er sich die Pfeife, steckte sie an und paffte selig, ohne zu ahnen, daß er diese Freude nie wieder erleben würde ...

Als erster entdeckte Kirisk das Unheil.

Zuvor hatten sie eine wunderbare Minute der Ruhe genossen, zufrieden und glücklich, nachdem sie alle ihren Durst gestillt hatten.

Die erste Robbe war erlegt, vor ihnen lag die Rast auf der Insel, am frühen Morgen noch eine große Jagd auf Seetiere. Und gleich danach ginge es nach Hause – unverzüglich. Alles war in Ordnung.

Das Boot fuhr gleichmäßig dahin, glitt, wie gewohnt, wiegend über die Wellen. Der alte Organ saß am Heckruder, sog an seiner Pfeife und dachte wohl an seine Fischfrau. Emraijin und Mylgun ruderten unverdrossen, sie handhabten die Ruder, wie es schien, ohne Anstrengung, leicht, genau, schön. Kirisk bewunderte unwillkürlich die Jäger. Dank einer jungenhaften Eingebung betrachtete er in jenem Augenblick jeden einzelnen aufmerksam, machte sich Gedanken über jeden von ihnen. Unbewußt liebte er sie, war er stolz, daß er in dieser Stunde zusammen mit ihnen auf großer Fahrt war.

Kirisk vermochte sich diese Menschen nicht anders vorzustellen. Der alte Organ mußte wohl immer, zu allen Zeiten, derselbe alte Mann gewesen sein mit langem Hals und Adamsapfel, mit langen Händen, knotig wie ein Wurzelstock, und ständig tränenden, allesverstehenden Augen. Wie denn sonst? War denn ein Leben denkbar ohne den Ältesten, ohne diesen allseitig geachteten Mann? Sollte so etwas möglich sein? Sonderbar!

Die Mutter sagt immer wieder, er, Kirisk, sehe dem Vater sehr ähnlich und später würde er einmal das ganze Ebenbild von Emraijin. Die Augen seien gleich, sagt sie, eichelbraun, auch der Bart, sagt sie, würde einmal wie beim Vater sprießen – schwarz, kräftig und dicht. Nicht ohne Grund nennt man den Vater *Bärtiger Emraijin.* Als Kirisk noch kleiner war und einmal nackt im Fluß badete, stieß seine Mutter ihre Schwester an: Sieh nur, sieh, der ganze Hausherr! Sie amüsierten sich über irgend etwas, wollten sich totlachen, flüsterten ausgelassen miteinander, und die Mutter meinte, wenn Kirisk später einmal eine Frau kriegte wie sie selbst, die käme nicht zu kurz, hätte es bestimmt gut, da sei sie sicher. Komisch, dachte er damals, wer käme nicht zu kurz und wieso? Warum sollte es seiner Frau gutgehen, wenn er dem Vater gliche?

Da sitzt er nun, der Vater, vorn im Boot und rudert. Schwarzbärtig, weißzähnig. Breitschultrig, selbstsicher, stets ausgeglichen. Kirisk entsinnt sich nicht, daß der Vater ihn je angeschrien oder bemitleidet oder in Schutz genommen hätte wie andere. Seine Augen aber gleichen in der Tat reifen Eicheln, sie sind klar und voller Glanz.

Hinter ihm, am anderen Ruderpaar, sitzt sein Vetter Mylgun, zwei Jahre jünger als der Vater. Er ist zwar der Vetter, hat aber fast keinen Bart. Nur einzelne Borsten starren wie der Schnurrbart eines Walrosses. Überhaupt sieht er aus wie ein Walroß. Mylgun redet gern und regt sich auf, wenn ihm irgend etwas nicht paßt. Eine Beleidigung nimmt der von keinem hin – einmal hat er sich

mit einem zugereisten Kaufmann geprügelt. Da mußte sich die ganze Sippe entschuldigen und den Mann begütigen. Mylgun aber blieb starrköpfig. Obwohl klein von Wuchs und so rund wie ein Holzklotz, ging er hoch und sagte, dem zeig ich's noch. Betrunken hatte er sich. Das geschieht oft. Ein paar Mann, darunter Emraijin, wollten ihn binden, aber das war schwierig. Mylgun hat Bärenkräfte. Für Kirisk ist er der Aki-Mylgun – so nennt man den älteren Verwandten. Mit dem Vater ist Mylgun befreundet, stets gehen sie zusammen auf Jagd, denn sie können sich aufeinander verlassen und sind beide gleich tüchtige Jäger. Mylgun hat einen Sohn, der gerade erst anfängt zu laufen, und zwei ältere Mädchen. Kirisk läßt nicht zu, daß ihnen ein Leid geschieht – soll nur einer versuchen, ihnen nahezutreten! Auch Kirisks Mutter liebt Mylguns Töchter, sie kommen oft, um mit Psulk zu spielen.
Die Allerschönste unter den Mädchen aber ist Musluk! Schade, es heißt, wenn sie groß ist, will man sie weggeben, in eine Nachbarsippe verheiraten. Man müßte sie ganz einfach nicht hergeben...
An der Küste hatte Kirisk selten an so etwas gedacht, jetzt aber, weit weg von zu Hause, erhielt das Alltägliche für ihn einen zuvor unbekannten, ergreifenden Sinn.
Plötzlich empfand er heftiges Heimweh, wollte er dorthin, wo hinter dem *Scheckigen Hund* in einem Flußtal am Waldhang die uralte Siedlung der Küsten-Niwchen lag, der Nachkommen der Fischfrau. Er sehnte sich so nach seiner Mutter, daß ihn das Herz schmerzte. Aber sie waren so fern der heimatlichen Küste, so fern vom vertrauten *Scheckigen Hund*, der unentwegt geschäftig am Rande des ewigen Meeres entlanglief. Unwillkürlich drehte Kirisk sich sogar um, als wolle er sich davon überzeugen, und während er in die Runde blickte, sah er etwas völlig Unerwartetes.
Über das Meer, fast den halben Horizont überziehend, schob sich in zwei breiten, sich vereinigenden Zungen eine dichte graue Nebelwand auf sie zu. Der Nebel näherte sich merklich, ballte sich kraftvoll über der schwarzen Wasserfläche, beanspruchte unwiderstehlich den ganzen Umkreis. Wie ein Lebewesen kam er heran, wie ein Ungeheuer, das drauf und dran war, sie zu schnappen und zu verschlingen – mitsamt dem Boot und der ganzen sichtbaren und unsichtbaren Welt. Der Nebel quoll ausgerechnet

von der Seite, wo Kirisk jenes Unbestimmbare gesehen hatte, jene im Meer erstarrte graue Masse, die ihm von fern wie eine Insel erschienen war. Jetzt trieb diese Masse, zusehends schwellend und wachsend, auf sie zu – lautlos und unaufhaltsam, vom Wind gejagt.

«Seht nur, seht!» schrie Kirisk erschrocken.

Alle zuckten zusammen. Das Boot, für einen Moment ohne Steuerung, begann zu schlingern. Im selben Augenblick erreichte sie das drohende Tosen einer gewaltigen Welle, die unter dem dichten Nebelschleier hervorbrach. Mit immer stärker anschwellendem Brausen des aufgewühlten Wassers wälzte sie sich heran, sich aufbäumend, hochschießend und zusammenstürzend.

«Wenden!» schrie Organ verzweifelt. «Ihr entgegen!»

Kaum hatten die Ruderer das Boot der Woge entgegengedreht, da warf auch schon der erste Sturmstoß Organs Kajak beinahe um. Die Welle war durchgerast, eine empörte See im Gefolge, und hinterdrein drängte bereits der Nebel. Als die aufziehende Nebelwand schon fast heran war, sah man deutlich, mit welch düsterem Triumph, mit welch unheilverheißender Hartnäckigkeit und Unerbittlichkeit dieses geballte, lebendige Dunkel vorwärts schoß.

«Merkt euch den Wind! Merkt euch den Wind!» vermochte Organ gerade noch zu rufen. Dann versank alles in undurchdringlicher Finsternis. Der Nebel stürzte herab wie eine Lawine, begrub das Boot in einem Abgrund unendlichen Dunkels. Mit einemmal, einem Augenblick, waren sie in eine andere Welt geraten. Alles war verschwunden. Von diesem Moment an gab es weder Himmel noch Meer noch Boot. Sie erkannten nicht einmal ihre Gesichter. Und von diesem Moment an hatten sie keine Ruhe mehr – das Meer tobte. Bald wurde das Boot hochgeschleudert, bald hinabgeworfen, bald hochgerissen, bald hinuntergezogen in eine zwischen den Wellenbergen sich öffnende Schlucht. Schaumspritzer und Brecher durchnäßten ihre Kleidung, machten sie schwer. Aber das schlimmste war, daß sie in dem dichten Nebel nichts mehr sahen, buchstäblich nichts, daß sie nicht unterscheiden konnten, was sich auf dem Meer tat, was sie selbst unternehmen mußten. Nur eines blieb ihnen – auf gut Glück zu kämpfen, blindlings, aber das Boot auf dem Wasser zu halten und zu verhindern, daß es kenterte. Nun konnte nicht einmal die Rede davon sein, auf eine bestimmte Richtung zu achten. Die Wogen in ihrer entfesselten Laune trugen das Boot ins Ungewisse, und ungewiß blieb, wie lange dies noch währen konnte.

Kirisk hatte auch früher schon gehört, daß Jäger auf See in ein Unwetter geraten waren, bisweilen blieben sie für immer verschollen, dann unterhielten Frauen und Kinder in ihrem Leid viele Tage hindurch Feuer an den Hängen des *Scheckigen Hundes*, erfüllt von hoffnungsloser Hoffnung: Wenn plötzlich doch ... Doch sogar da hatte er nicht im entferntesten geahnt, wie schrecklich und unfaßbar es ist, auf offenem Meer umzukommen. Und noch viel weniger hatte er vermutet, daß harmlose Nebel, diese schweigsamen Gäste zur Winterszeit, über die er sich stets so freute – tauchte doch dann die ganze, durch milchige Stille verzauberte Welt unter einen gleichmäßigen weißen Schleier, alle irdischen Dinge schwangen sich gleichsam in die Luft, wo sie gespenstisch erstarrten, und in Erwartung einer märchenhaften Erscheinung beschlichen unerklärliches Grauen und Mattigkeit das Herz –, nie hatte er vermutet, daß sich diese Nebel in solch einen drohenden und allgegenwärtigen Feind verwandeln konnten. Sich ballend, gleitend, zerfließend und wieder sich ballend, hatten die dunklen Nebelschwaden, die da über das entfesselte Meer stürmten, etwas Schlangenhaftes ...

An seinen Sitz gekrallt, preßte sich Kirisk krampfhaft, voller Furcht an die Beine des alten Organ.

«Halt dich fest an mir! Ganz fest!» schrie ihm Organ ins Ohr, mehr konnte er dem Jungen nicht sagen, mehr konnte er nicht tun für ihn.

Keiner der Männer vermochte sein Los zu erleichtern, denn allen erging es gleich angesichts des wütenden Elements. Selbst wenn Kirisk aufgeschrien, zu weinen begonnen oder nach dem Vater gerufen hätte – Emraijin hätte sich nicht vom Fleck gerührt, denn wenn sich das Boot hielt, so nur, weil er und Mylgun verzweifelt mit den Rudern balancierten und der Eruption, dem Einsturz der Wogen immer wieder zuvorkamen.

Die Wellen aber trugen das Boot unaufhaltsam ins Dunkel des undurchdringlichen Nebels. Organ versuchte noch, irgendwie das Steuer zu führen, um eine Richtung beizubehalten, aber immer wütender wurde der Sturm.

Vielleicht war schon Mitternacht. Es fiel schwer, im Nebel die Tageszeit zu bestimmen. Den Anbruch der Nacht konnten sie nach der sich verdichtenden beklemmenden Finsternis nur ahnen. Und schon lange tobte in solcher Finsternis dieser pausenlose, zermürbende, ungleiche Kampf mit fast hoffnungslosem Ausgang. Dennoch hegten sie noch immer die verzweifelte Hoffnung, der Sturm würde sich ebenso plötzlich legen, wie er begonnen, der Nebel sich zerstreuen, und dann könnten sie überlegen, was weiter zu tun sei. Einmal schien sich dieser Wunsch fast zu erfüllen. Es sah ganz so aus, als flaute der Sturm ab, das Schlingern des Bootes ließ nach, Gischt und Spritzer verebbten. Doch noch immer umgab sie diese Dunkelheit, tief, boshaft-schwarz. Als erster übertönte Organ das Tosen des Meeres: «Ich bin's! Kirisk ist bei mir! Hört ihr mich?» – «Wir hören! Sind an unserem Platz!» krächzte Emraijin.
«Wer hat sich den Wind gemerkt?» schrie Organ.
«Was soll das?» krächzte wütend Mylgun.
Der Alte verstummte. In der Tat, die Windrichtung besagte jetzt gar nichts. Schwer zu sagen, wohin es sie verschlagen hatte, wo sie sich befanden – fern oder nah der Inseln, die ihnen als Orientierungspunkte hätten dienen können. Vielleicht würde es sie noch so weit abtreiben, daß sie ihre Insel-Zitzen nie mehr fänden. Und so verstummte er, niedergedrückt durch das Dunkel und das Schlingern. So verstummte, in schwere Gedanken versunken, der Große Organ. Ein Glück noch, daß sie, dank dem Willen des Schicksals, die Inseln umgangen hatten; sonst wären sie rettungslos an den Küstenklippen zerschellt. Doch ohne die Inseln und ohne die Sterne gab es für sie inmitten von Nacht und Nebel keine Möglichkeit, sich zu orientieren. Organ fehlte die Kraft, etwas zu sagen. Trotzdem schrie er nach einer Weile: «Als wir uns gegen den Sturm drehten, blies ein Nordost – Tlangi-la!»
Keiner antwortete. Den Ruderern stand nicht der Sinn danach. Und wiederum verstummte Organ. Der zu seinen Füßen kauernde Kirisk zitterte am ganzen Leibe. Da erklärte Organ den Ruderern: «Kirisk und ich werden jetzt Wasser schöpfen, bleibt ihr an euern Plätzen!»
Er beugte sich zu Kirisk hinab, ertastete ihn im Dunkeln und sagte, nachdem er sich überzeugt hatte, daß der Junge unversehrt war: «Keine Bange, Kirisk. Komm, wir schöpfen Wasser. Sonst geht's

uns schlecht. Wir haben nur ein Schöpfgefäß, da hab ich es, du nimm die Kelle dort, ist besser als gar nichts ... Hältst du sie? Nimm die Kelle, sag ich ...»

«Ja, Atkytschch! Kann das lange dauern? Ich habe Angst.»

«Ich auch», entgegnete der alte Organ. «Aber wir sind Männer, wir müssen durchhalten.»

«Wir ertrinken doch nicht, Atkytschch?»

«Nein ... und wenn wir ertrinken, dann soll es so sein. Aber nun los, halt dich mit der einen Hand an mir fest, und mit der anderen schöpf Wasser, gieß es über Bord.»

Nur gut, daß der alte Organ beizeiten daran gedacht hatte, während der kurzen Atempause konnten sie das Boot leerschöpfen. Beim Wasserschöpfen, sich durch Tasten orientierend, lenkte Organ Kirisks Aufmerksamkeit auf das kleine Faß, dem sie am Tag ihr Trinkwasser entnommen hatten.

«Kirisk», sagte er und packte ihn bei der Hand, «da ist unser Wasserfäßchen. Fühlst du's? Merk dir, was immer geschieht, hüte dieses Faß. Halt es fest, krall dich daran, aber laß es nicht los! Notfalls gehen wir lieber zugrunde, als daß wir es einbüßen. Hast du mich verstanden? Verlaß dich auf keinen andern ... Hörst du?»

Gut, daß er das gesagt, gut, daß er rechtzeitig den Jungen gewarnt hat. Sehr bald sollte es ihnen zustatten kommen ...

Nach kurzem Abflauen brach der Sturm mit frischer Kraft los. Diesmal noch heftiger und grimmiger, als würde er den Schutz der Nacht ausnützen und die Hilflosigkeit der Menschen bei Dunkelheit und Nebel. Und die Wellen stürzten über sie mit solcher Wut, als wollten sie die kurze, den Menschen gewährte Schonung wettmachen. Organs Kajak wirbelte nur so zwischen den unsichtbaren Wogen, wurde von ihren Schlägen erbarmungslos hin und her geschleudert. Brecher peitschten das Boot. Es lief voll Wasser, sackte ab. Organ mochte sich, im Knien schöpfend, noch so abhetzen – unmöglich konnte er des einströmenden Wassers Herr werden. Da schrien die Ruderer böse und verzweifelt: «Wirf alles raus! Wir gehen unter! Wirf alles raus!»

Kirisk weinte laut vor Angst, doch keiner hörte ihn, sie hatten andere Sorgen. Der Junge verkroch sich unterm Hecksitz und umklammerte das Fäßchen. Er warf sich seitlich darüber, zusammengekrampft und von Schluchzen geschüttelt. Ihm war bewußt, daß

er jetzt nichts Wichtigeres tun konnte, was immer geschah. Er begriff, daß sie untergingen, dennoch tat er, was ihn der alte Organ geheißen – er behütete das Fäßchen mit dem Wasser.
Es war höchste Zeit, das halbgesunkene Boot zu retten. Mylgun arbeitete noch immer wie wahnsinnig mit den Rudern, nach Kräften bemüht, das Boot nicht kentern zu lassen. Organ und Emraijin aber warfen alles über Bord, was noch im Boot war. Einen anderen Ausweg gab es nicht. Ins Meer flogen die beiden Winchesterbüchsen, die Harpune, Leinenknäuel und alles andere, sogar Organs Blechteekanne. Die größte Mühe bereitete ihnen die Robbe. Durchnäßt, schwer geworden und glitschig war der Tierkörper, schwer zu packen. Sie mußten ihn vom Boden des Bootes heben und über Bord wälzen. Mußten die Beute wegwerfen, derentwegen sie zu den unbewohnten Inseln gefahren waren. Heiser brüllend, unter Schimpfworten und Verwünschungen, schoben sie unter größter Anstrengung in dieser Enge den Robbenleib an die Bordwand und stürzten ihn endlich ins Meer. Sogar in diesem Durcheinander und wilden Zweikampf mit dem Meer war zu spüren, wie erleichtert das von der Last befreite Boot aufschwankte. Vielleicht war eben dies ihre Rettung...

Organ erwachte als erster. In der leblosen weißen Ödnis war ihm nicht sogleich klar, wo er sich befand und was diese trübe, undurchsichtige Reglosigkeit rundum bedeutete. Es war Nebel.
Es war der Große Nebel, der zu dieser Zeit schweigsam, unumschränkt und reglos die Weite des Ozeans bedeckte. Der Große Nebel durchlebte seine große Erstarrung.
Als sich seine Augen etwas eingewöhnt hatten, unterschied der alte Organ in dem Dunkel die Konturen des Bootes, später auch die der Menschen. Emraijin und Mylgun lagen auf ihren Plätzen an den Rudern. Zu Tode erschöpft, zermürbt vom nächtlichen Unwetter, verharrten sie in seltsamen Stellungen, als hätte ein Hieb sie niedergestreckt, und nur heiseres, stoßweises Krächzen zeugte von ihrem Leben. Kirisk, ans Faß gelehnt, lag zu seinen Füßen. Er zitterte im Schlaf vor Nässe und Kälte. Organ bedauerte ihn, konnte aber nicht helfen.
Benommen von der letzten Nacht, das graue Haupt gesenkt, saß er am Heck. Sein Körper schmerzte und brannte. Wie Peitschen-

schnüre hingen seine langen knotigen Arme hinab. Viele Schicksalsschläge, viele Prüfungen waren Organ schon widerfahren, doch so hart hatte es selbst ihn noch nicht getroffen. Er konnte sich nicht vorstellen, wo sie sich jetzt befanden, wohin der Sturm sie getrieben hatte, wie weit sie vom Land entfernt, ob sie noch im Ochotskischen Meer waren oder bereits im Stillen Ozean. Nicht einmal, welche Tageszeit jetzt war. In der dichten, undurchdringlich erstarrten Nebelmasse war der Tag nicht von der Nacht zu unterscheiden. Doch bedachte man, daß Stürme sich zumeist gegen Morgen legen, dann war aller Wahrscheinlichkeit nach Tag. Vielleicht die zweite Tageshälfte.

Wie dem auch sei, bei aller Freude, daß sie durch ein Wunder am Leben geblieben waren, hatte Organ Grund, den Kopf hängenzulassen. Nachdem alles verloren war, was sie auf die Fahrt mitgenommen – selbst die Büchsen, die sie gegen Hunderte von Zobelfellen bei zugereisten Kaufleuten eingehandelt hatten –, blieben ihnen im Boot nur noch zwei Paar Ruder und ein angebrochenes Fäßchen Trinkwasser. Was stand ihnen nun bevor?

Sowie die Ruderer zu sich kämen, würden sie natürlich gemeinsam beratschlagen, was zu tun sei. Wer aber könnte sagen, welche Richtung sie einschlagen sollten? Das vor allem. Sie konnten jedoch auch bis zur Nacht ausharren und, wenn der Himmel nicht wolkenverhangen war, versuchen, sich nach den Sternen zu richten. Wie weit hatten sie aber zu fahren? Wieviel Kraft kostete es sie noch und wieviel Zeit? Würden sie ans Ziel kommen, würden sie das durchstehen?

Und der Nebel, was war das nur für ein Nebel! Er lag so dicht und so reglos auf dem Meer! Als wär's für alle Ewigkeit. Ob es überall so war, ob dieser Nebel die ganze Welt überzog?

Er hätte gern geraucht und etwas getrunken. Das Rauchen mußte er sich aus dem Kopf schlagen, der Tabak, den er noch bei sich hatte, war durchnäßt. Und die Pfeife war verschwunden. Und Wasser? Und Nahrung? Organ wagte nicht einmal, daran zu denken. Noch war es auszuhalten, noch konnte man diese Sorge hinausschieben …

Das Meer wurde nur von der Dünung bewegt, es herrschte völlige Windstille. Das Boot wiegte sich leicht auf der Stelle. Es trieb nirgends hin, bewegte sich nicht voran. Willenlos lagen die sich selbst überlassenen Ruder auf der Oberfläche. Emraijin und Mylgun waren zu verstehen – ihre Erschöpfung hatte einen solchen Grad erreicht, daß sie nicht einmal mehr die Ruder an Bord hatten heben können, übermannt von todesähnlichem Schlaf.

Alles war in Dunkel und Reglosigkeit erstorben. Meer, Nebel, Boot, alle verharrten sie unbewegt – wohin sollten sie auch eilen, wohin fahren ... Traurig zusammengekrümmt, druselte der Alte unmerklich ein und erwachte erst, als Kirisk ihn weckte.

Der Junge stieß ihn an. «Atkytschch, Atkytschch! Wir wollen trinken!»

Organ schüttelte den Schlaf ab und begriff, daß seine drei Stammesgenossen Entscheidungen von ihm erwarteten, denn er war der Älteste, und er begriff auch, daß nun das Schrecklichste begann – das Wasserzuteilen. Dicht und reglos stand noch immer der Nebel. Totenstill lag das Meer.

Den ganzen Rest des Tages ruderten sie gemächlich durch den Nebel, ziellos, ins Ungewisse.

Nachdem sie zu sich gekommen waren und ihre Lage überdacht hatten, vermochten sie nicht mehr untätig zu bleiben.

Und sie ruderten. Vielleicht näherten sie sich dem Land, vielleicht entfernten sie sich von ihm. Immerhin hatten sie so die Illusion einer Bewegung.

Ihre einzige Hoffnung war, daß der Nebel sich zerstreute und sie dann die Lage besser überschauen könnten.

Jedenfalls würden sie nachts Sterne sehen, sofern sich der Nebel verzog. An die Sterne mußten sie sich halten, zuallererst!

Auch hegten sie die Hoffnung, auf irgendeine Insel zu stoßen. Dann würden sie sich leichter orientieren.

Einstweilen fuhren sie also ins Nichts – in den Nebel.

Aber auch jetzt forderte Organ, im Boot eine gewisse Ordnung herzustellen. Sie schöpften das restliche Wasser aus, damit es zu ihren Füßen nicht gluckste. Den Jungen setzte Organ neben sich auf die Heckbank, auf daß er es wärmer hätte und seine Sachen schneller trockneten. Wasser gab er allen gleichviel. Das erste Mal jedem eine knappe Viertelkelle. Nach der Sturmnacht mußten sie wenigstens einmal ihren Durst stillen. Aber Organ warnte: Von nun an gäbe es nur noch zu trinken, wenn er es für nötig erachte,

*Sparen müssen …*

… kann zur Qual werden, und das nicht nur, wenn das lebenspendende Trinkwasser knapp wird. Sparen dürfen und sich über den Ertrag freuen kann so lustvoll sein wie ein labender Trunk bei großem Durst.

und nur so viel, wie er ihnen zumesse. Um sie von der Richtigkeit seiner Worte zu überzeugen, rüttelte er leicht am Faß – es war schon halb leer.
Unverhofft gab es auch eine Freude: Als es an die Wasserzuteilung ging, entdeckten sie hinter dem Faß, im äußersten Winkel unter dem Hecksitz, einen Robbenledersack mit Dörrfisch. Den großen Sack mit Wegzehrung hatten sie mit den anderen Sachen über Bord geworfen, dieser kleine aber, den Mylguns Frau mitgegeben hatte, war unbemerkt geblieben, denn er lag unter dem Sitz hinter dem Fäßchen, das Kirisk unbedingt retten sollte. Zwar war dieser Sack voller Meerwasser, und den Fisch konnten sie unmöglich in den Mund nehmen – ohnehin salzig, war er nun vollends ungenießbar. Und doch war es etwas zu essen. Hätten sie nur genügend Trinkwasser gehabt, wäre solch ein Dörrfisch gar nicht übel gewesen.
Vorderhand aß jedoch keiner davon, sie fürchteten den Durst ...
Alle warteten nur auf eines – daß endlich der Nebel wiche ...
In dem tiefen Schweigen und der Reglosigkeit des Nebels knarrten einzig verzagt die Ruderdollen. Dieses Knarren inmitten der großen Stille glich dem müden Flehen und Klagen eines Menschen, der sich verirrt hat: Wo bin ich, wo? Wohin muß ich mich nun wenden, wohin?
Alle warteten nur auf eines – daß endlich der Nebel wiche ...

Doch er wich nicht, machte gar keine Miene zu weichen. Er rührte sich nicht. Fast sah es aus, als hätte ein absonderliches Fabelwesen, etwas Unirdisches, das dumpfe Feuchtigkeit atmete, die ganze Welt verschluckt – Erde und Himmel und Meer.
Wieder wurde es Nacht im Leib des Nebels. Man ahnte es nur an der rings andrängenden Schwärze. Und kein Stern, kein Himmel hoch droben.
Fahren, nur um zu fahren, hatte schon keinen Sinn.
Sie warteten, hofften, vertrauten darauf, daß sich Sterne am Himmel zeigten. Warteten von Stunde zu Stunde. Warteten auf Wind, der diesen verhaßten, dreimal verfluchten Nebel verjagt hätte. Fanden keinen Schlaf. Wandten sich flehend an den Himmelsgeist, er möge das gestirnte Himmelsgewölbe öffnen, baten

den Herrn der Winde, das langmähnige, zottige Raubtier, es möge erwachen hinterm Meer.
Alles vergebens. Niemand hörte sie, der Nebel wich nicht.
Kirisk wartete gleichfalls auf die Sterne. Nach diesen Sternen, die wie Spielzeug am Himmel flimmerten, verlangte ihn jetzt wie nach nichts anderem. Alles was er seit dem vergangenen Abend durchgemacht hatte, hatte den Jungen erschüttert und verängstigt. Wessen hätte es denn noch bedurft, um die Kinderseele verzweifeln zu lassen, sie zu knicken, für immer zu brechen! Daß aber die drei Erwachsenen, die mit ihm im Boot waren, trotz der Todesgefahr, das Ende all ihrer Fahrten schon vor Augen, standhielten, dem wütenden Element die Stirn boten, ließ Kirisk hoffen, sie fänden auch jetzt einen Weg zur Rettung. Er vertraute fest darauf, daß nur die Sterne sich am Himmel zeigen mußten, und ihre Leiden wären zu Ende.
Ach, geschähe dies doch schneller, kehrte er doch schneller zurück – zum Festland, zum *Scheckigen Hund,* schneller, schneller, schneller, denn ihn quälten unerträglicher Hunger und Durst, und dieser Hunger und dieser Durst wurden immer stärker. Immer heftiger sehnte er sich nach Hause, zur Mutter, zu den Verwandten, den Wohnstätten, den Rauchfahnen, den Bächen und Gräsern …
Die ganze Nacht warteten die Bedrängten sehnsüchtig, aber nichts geschah, der Nebel wich nicht, kein Stern zeigte sich am Himmel, in Dunkel gehüllt blieb das Meer.
Und die ganze Nacht plagte sie der Durst, war es feucht und kalt, vor allem aber quälte sie der Durst. Mochte Kirisk auch annehmen, daß nur er allein nach Wasser gierte – die anderen litten genauso. Er aber wollte am meisten trinken. Und das zermürbte ihn.
Doch der Älteste Organ gab kein Wasser heraus, selbst als Kirisk darum bat.
«Nein», sagte er fest, «jetzt nicht. Hab Geduld.»
Hätte er, der alte Organ, nur geahnt, wie quälend der Durst war nach dem Dörrfisch, an dem sie zu dritt, er, der Vater und Mylgun – gegen Abend hielten sie es nicht länger aus – zu nagen begonnen hatten! Zwar tranken sie etwas nach, aber viel zuwenig, und nach einer Weile dürstete es sie nur um so mehr. Der alte Organ indessen

rührte den Fisch gar nicht erst an, er bezwang sich, trank aber auch nicht, sondern sparte, genehmigte sich keinen Schluck. An jenem Tag tranken sie zweimal – morgens und abends –, alle, bis auf Organ. Abends nur ganz wenig, nur eine Neige aus der Kelle. Das Wasser im Fäßchen aber nahm ständig ab.
Weil er trinken wollte, trinken, trinken, trinken, wurde das Warten auf einen Wetterumschlag zur doppelten Folter.
So ging es die ganze Nacht ... Und die ganze Nacht lag reglos eiskalter Nebel. Und das Meer blieb totenstill.

Auch am Morgen änderte sich nichts. Nur eine Spur heller wurde es im graublauen Leib des Nebels, eine Spur weiträumiger. Nun unterschied man Gesichter und Augen. An die zwei Ruderlängen rings um das Boot schimmerte trübsilbern ein spiegelglattes totes Meer, reglos wie Quecksilber. Ein so unbewegtes Wasser hatte Kirisk noch nie gesehen.
Kein Wind, kein Wetterumschlag ...
An jenem Morgen bestürzte den Jungen, wie stark sich die Gesichter der Erwachsenen verändert hatten. Sie waren verfallen, mit harten Stoppeln überwuchert, die Augen wirkten erloschen und lagen in dunklen Höhlen, als hätte die Männer eine tödliche Krankheit befallen. Selbst der sonst so kräftige und selbstsichere Vater war kaum wiederzuerkennen. Geblieben war nur sein Bart. Die Lippen hatte er zerbissen, sie waren ganz schwarz. Und auf Kirisk blickte er voller Mitleid, obwohl er schwieg, sich kein Wort erlaubte. Besonders abgezehrt war der alte Organ. Er hatte sich zusammengekrümmt, war noch bleicher geworden, noch länger streckte sich sein Hals mit dem Adamsapfel, mehr denn je tränten seine Augen. Nur der Blick war noch der alte. Weise und streng, barg der Blick des Ältesten noch immer das Wissen um etwas, das nur ihm allein zugänglich war und vertraut.
Der Tag begann mit dem Schwersten – der Zuteilung von ein paar Schluck Wasser für jeden. Organ selbst goß ein. Er klemmte sich das Fäßchen unter den Arm und ließ das Naß in dünnem Strahl auf den Grund der Kelle rinnen; seine Hände zitterten heftig. Zuerst reichte er die Kelle Kirisk. Der Junge konnte es kaum erwarten. Seine Zähne klapperten gegen den Rand der Kelle, und während er das Wasser schluckte, spürte er nur für einen Augenblick, wie

es ihn erquickte, wie die Glut in seinem Innern nachließ und ihm vor Erregung der Kopf summte. Doch schon während er die Kelle zurückgab, kehrte die Hitze wieder, schlimmer als zuvor, als hätte man in ihm ein wildes Tier gereizt. Danach trank Mylgun. Dann Emraijin. Schrecklich war es anzusehen, wie sie tranken. Sie ergriffen die Kelle mit bebenden Händen und reichten sie Organ zurück, ohne ihn anzublicken. Als wäre er schuld, daß sie so wenig zu trinken bekamen. Organ selbst aber goß sich keinen Tropfen ein, als die Reihe an ihm war. Schweigend verstopfte er das Spundloch. Das erschien Kirisk unfaßbar. Wäre das Fäßchen in seinen Händen gewesen, er hätte sich sofort eine volle Kelle eingießen wollen, dann noch eine und noch eine, und trinken, trinken bis zum Umfallen. Dann komme, was wolle. Nur einmal sich satt trinken! Der alte Organ aber gönnte sich nicht einmal das, was ihm zustand. Er hatte auf die Neige Wasser verzichtet. «Warum machst du das, Atkytschch? Gieß dir ein wie allen!» drängte schließlich Emraijin unter Selbstüberwindung. «Gestern hast du schon nichts getrunken! Wenn wir zugrunde gehen, dann alle gemeinsam!»
«Ich komme so aus», entgegnete Organ ungerührt.
«Nein, das ist nicht recht!» Emraijin hob die Stimme und setzte gereizt hinzu: «Dann trinke ich auch nicht!»
«Was ist da schon zu trinken! Nicht der Rede wert!» Organ lächelte ob solcher Unvernunft, wiegte sacht den Kopf, zog erneut den Zapfen aus dem Spundloch, goß eine Neige Wasser in die Kelle und sagte: «Dann bekommt Kirisk meinen Teil.»
Der Junge war betroffen, und alle verstummten. Organ aber reichte ihm die Kelle.
«Da, Kirisk, trink. Mach dir keine Sorgen.»
Kirisk schwieg.
«Trink», sagte Mylgun.
«Trink», sagte Emraijin.
«Trink», sagte der alte Organ.
Kirisk schwankte. Vor Durst vergehend, hätte er sich zu gern die paar Schluck sofort in die Kehle geschüttet, traute sich jedoch nicht.
«Nein», sagte er, sein verzehrendes Verlangen bezwingend, «nein, Atkytschch, trink selber», und spürte, wie sich in seinem Kopf alles zu drehen begann.

Organs Hand erzitterte bei diesen Worten, er seufzte schwer. Sein Blick wurde weicher, dankbar streichelte er den Jungen.

«Ach, weißt du, ich habe in meinem Leben schon soviel Wasser getrunken! Du aber mußt noch lange leben, damit ...» Er sprach nicht weiter. «Hast du mich verstanden, Kirisk? Trink, es muß sein, du mußt trinken, mach dir um mich keine Sorgen! Da!»

Abermals spürte der Junge, während er das Wasser schluckte, nur für einen kurzen Augenblick, wie es ihn erquickte, wie die Glut in seinem Innern nachließ, und schon wich dieses Gefühl der Erleichterung wieder neuem Durst. Diesmal behielt er im Mund den Beigeschmack von fauligem Wasser. Aber das war unwichtig. Hauptsache, er bekam Wasser, ganz gleich, welches, nur Trinkwasser. Doch davon blieb immer weniger und weniger ...

«Was machen wir bloß, was sollen wir tun?» sprach indes Organ, an seine Stammesgefährten gewandt. «Fahren wir?»

Langes Schweigen. Alle blickten sich um. Aber außer dem undurchdringlichen Nebel ums Boot herum gab es nichts auf der Welt.

«Wohin fahren?» Mit einem Seufzer unterbrach Emraijin das Schweigen.

«Wohin, wohin?» brauste Mylgun überraschend auf. «Wir fahren, besser fahren, als an Ort und Stelle verrecken!»

«Was nützt es schon, ob wir fahren oder nicht», wies ihn Emraijin zurecht. «Bei solchem Nebel ins Nichts fahren – hat das Sinn?»

«Ich pfeif auf den Nebel!» entgegnete Mylgun noch herausfordernder. «Ich pfeif auf deinen Nebel, ist dir das klar? Wir fahren, und wenn nicht, kipp ich sofort diesen verfluchten Kajak um, dann können uns die Fische fressen! Hast du mich verstanden, Emraijin, Bärtiger, wir fahren! Hast du verstanden?»

Kirisk beschlich Unbehagen. Er schämte sich für Aki-Mylgun. Der hatte sich ungehörig benommen, immerhin war er jünger als der Vater. Da hatte sich also etwas gelockert oder war zerbrochen – in ihm oder in dem, was sie jetzt darstellten, die vier Niwchen in einem Boot. Alle schwiegen bedrückt und bekümmert. Verstummt war auch Mylgun, sein Atem ging schwer. Emraijin hatte den Kopf gesenkt. Der alte Organ aber blickte an ihnen vorbei, und sein Gesicht war undurchdringlich wie der Nebel, der sie als dunkler Schleier von allen Seiten umgab.

«Beruhige dich, Mylgun», sprach endlich Emraijin. «Ich habe das doch nur so dahergesagt, natürlich ist es besser zu fahren, als an einem Fleck zu verharren. Du hast recht. Komm, wir fahren.»
Sie setzten das Boot in Fahrt. Wieder knirschten die Dollen, wieder hoben und senkten sich plätschernd die Ruder, teilte sich lautlos hinterm Boot das ruhige Wasser und schloß sich spurlos. Und doch hatten sie den Eindruck, als führen sie nicht, sondern stünden an einem Ort. Wie weit sie auch vorankamen, ringsum lag Nebel, sie befanden sich gleichsam in einem Zauberkreis. Das wohl brachte Mylgun aufs neue außer sich.
«Ich pfeif auf deinen Nebel, Bärtiger Emraijin, hörst du?» rief er, in Wut geratend. «Und ich will, daß wir schneller fahren! Streng dich an, Bärtiger, ruder, schlaf nicht, hörst du? Ich pfeif auf deinen Nebel!»
Und er legte sich selbst mit Macht in die Riemen.
«Schneller, immer schneller!» drängte er.
Emraijin wollte ihn nicht reizen, steigerte sich aber aus verletztem Stolz selber in dieses sinnlose Spiel.
Das Boot gewann immer mehr an Schnelligkeit. Aufs Geratewohl schoß es ruckweise durch den Nebel, sinnlos, ohne Ziel. Mylgun und Emraijin aber ruderten verbissen um die Wette, in einer so wilden, irren, zügellosen Erbitterung, als könnten sie den Nebel überholen, seine unendlichen Grenzen sprengen.
Die Ruderblätter jagten Spritzerfontänen hoch zu beiden Seiten des Bootes, das Wasser rauschte, es senkten und hoben sich die schweißnassen, stoppligen Gesichter der Ruderer, die, bald sich vorbeugend, die Ruder auslegten, bald, sich aufrichtend, sie kraftvoll durchzogen ...
Luft holen, ausatmen, Luft holen, ausatmen ...
Nebel vor ihnen, Nebel hinter ihnen, ringsum nichts als Nebel ...
«Chana, chana, schneller!» keuchte Mylgun boshaft anstachelnd.
Zunächst lebte Kirisk auf, angesteckt von der Illusion, vorwärts zu kommen, dann aber begriff er, wie nutzlos und schrecklich das war. Verängstigt blickte der Junge auf den alten Organ – er erwartete, dieser müsse der sinnlosen Jagd Einhalt gebieten. Organ aber wirkte völlig abwesend – der versonnene Blick irrte umher, auf dem Antlitz war ein weltentrückter Ausdruck erstarrt. Und – ob er

weinte oder ob nur wie üblich seine Augen tränten – das Gesicht des alten Mannes war naß ... Unbeweglich saß er auf der Heckbank, als wüßte er nicht, was geschah.
Das Boot aber schoß voran, aufs Geratewohl durch den Nebel gejagt, sinnlos, ohne Ziel.
«Chana, chana, schneller!» erklang es verzweifelt im Nebel. «Chana, chana!»
So fuhren sie eine geraume Weile. Allmählich gerieten die Ruderer außer Atem, verminderte sich die Schnelligkeit, keuchend, nach Luft ringend, ließen sie die Ruder sinken. Mylgun hob nicht den Kopf.
Bittere Ernüchterung überkam sie. Den Nebel hatten sie nicht überholt, seine Grenzen hatten sie nicht gesprengt, alles war wie zuvor: Dünung, völlige Ungewißheit, undurchdringliches Dunkel. Das Boot fuhr noch kurze Zeit weiter, drehte sich im Kreis ...
Wozu war das nötig gewesen? Warum? Und was hätten sie gewonnen, wenn sie am selben Fleck geblieben wären? Auch nichts.
Jeder dachte wohl das gleiche. Da sagte Organ: «Hört auf mich.» Seine Worte setzte er bedächtig, gewiß schonte er seine Kräfte – hatte er doch bereits den zweiten Tag nicht getrunken, nicht gegessen. «Kann sein», gab er zu bedenken, «der Nebel hält sich noch viele Tage. Es gibt solche Jahre. So etwas kommt vor. Ihr wißt es selbst. Sieben, acht, bisweilen sogar zehn Tage liegt Nebel überm Meer wie eine Seuche überm Land, wie eine Krankheit, die nicht vergeht, ehe ihre Frist verstrichen ist. Wie lange aber diese Frist währt, weiß keiner. Wenn dies solch ein Nebel ist, erwartet uns ein schweres Los. Dörrfisch haben wir nur noch einen winzigen Rest, und was nutzt er uns, wenn es an Trinkwasser fehlt. Das ist unser ganzes Wasser!» Er schüttelte das Fäßchen. Es plätscherte hohl – eine, anderthalb Handbreit überm Boden.
Alle schwiegen. Auch der Alte verstummte. Ihnen war klar, was er hatte sagen wollen: Zu trinken gab es nur noch einmal am Tag, eine winzige Neige in der Kelle, um länger durchzuhalten, falls es überhaupt gelänge, dieses Unheil von Nebel zu bezwingen, zu überstehen. Sobald das Meer wieder frei wäre, sich Sterne zeigten oder die Sonne, würde man weitersehen, am Ende hätten sie Glück und erreichten doch noch das Land.
Ja, so stand es. Einen andern Ausweg gab es nicht. Aber das sagt

sich so leicht – aushalten; sogar wenn es der Mensch mit dem Verstand gutheißt, billigt es noch lange nicht sein Fleisch. Die schwer Geprüften wollten jetzt trinken, unverzüglich, und zwar keine Neige, sondern viel, sehr viel Wasser.

Organ begriff die Aussichtslosigkeit ihrer Lage, und am schwersten trug er selbst daran. Der alte Mann verfiel vor ihren Augen. Sein von Falten und Runzeln durchfurchtes dunkelbraunes Gesicht wurde von Stunde zu Stunde dunkler und härter vor Schmerz, der aus seinem Inneren kam. In die tränenden Augen trat ein gespannter Fieberschein – welche Kraft kostete es den alten Mann, diese Qualen zu ertragen! Doch bis zum letzten Atemzug würde er sich halten, wie ein sterbender Baum sich in seinen Wurzeln hält. Nur – wie lange konnte das noch dauern? Er mußte alles sagen, was für ihre Rettung auch nur im geringsten von Bedeutung sein konnte.

«Ich habe darüber nachgedacht», fuhr er fort, «daß wir ständig die Luft beobachten und in sie hineinlauschen müssen, ob da nicht unversehens eine Agukuk, eine Polareule, vorbeifliegt. Die Agukuk-Eule ist der einzige Vogel, der zu dieser Zeit überm Meer fliegt. Falls wir uns zwischen einer Insel und dem Festland befinden, kann der Flug der Agukuk uns den Weg weisen. Ein Vogel überfliegt offenes Meer stets auf geradem Weg. Er biegt nirgends ab, fliegt immer geradeaus. Auch die Agukuk.»

«Und wenn wir nicht zwischen Insel und Land sind?» fragte Mylgun düster, den Kopf immer noch gesenkt.

«Dann werden wir sie auch nicht sehen», entgegnete Organ ruhig.

Kirisk hätte gern gewußt, warum die Agukuk übers Meer fliegt, was sie dazu bewegt, aber Mylgun kam ihm zuvor.

«Wenn nun aber die Eule vergißt, über uns zu fliegen, Atkytschch?» höhnte Mylgun finster. «Wenn es ihr einfällt, abseits von uns zu fliegen, dort, irgendwo ... was dann?»

«Auch dann werden wir sie nicht sehen», entgegnete Organ, immer noch ruhig.

«Wir sehen sie also nicht?» fragte Mylgun verwundert und steigerte sich in Wut. «So oder so werden wir die Eule nicht sehen. Warum in aller Welt hocken wir dann hier?» murmelte er in wachsendem Zorn, brach plötzlich in schallendes Gelächter aus und verstummte. Allen war unbehaglich zumute. Alle schwiegen, wußten nicht, was tun.

Mylgun indes hatte einen Einfall. Mit der Handfläche schlug er ein Ruder aus der Gabel, kroch aus unerfindlichem Grund auf den Bug, richtete sich auf zu voller Größe, balancierte mit dem Ruder. Keiner sagte ein Wort. Auch er beachtete keinen.

«He, du Hundeschlampe!» schrie er grimmig. «He, du, Schaman der Winde!» schrie er, mit dem Ruder drohend, aus Leibeskräften in das nebelverhangene Dunkel. «Wenn du der Herr der Winde bist und kein Hundeaas, wo sind dann deine Winde? Bist du, Hundeschlampe, in deiner Höhle verreckt, oder belagern dich die Rüden der ganzen Welt, und du weißt nicht, mit wem sollst du dich paaren, wer soll dich decken, oder läßt du dich lieber von allen nacheinander bespringen? Und hast deshalb keine Zeit, Winde loszujagen, oder hast du vergessen, daß wir hier in dem verfluchten Nebel sitzen wie in einer Grube? Weißt du etwa nicht, daß wir einen kleinen Jungen bei uns haben, he? Er will trinken, will Wasser! Wasser, verstehst du? Ich sage dir doch, wir haben einen kleinen Jungen bei uns, der ist das erste Mal auf See. Und was hast du mit uns gemacht? Ist das anständig? Gib Antwort, wenn du der Herr der Winde bist und kein stinkender Seehundschiet! Schick uns deine Winde! Hörst du? Stopf dir den Nebel untern Schwanz! Hörst du? Schick uns Sturm, du Hundeschlampe, den schlimmsten Sturm – schick uns den Tlangi-la, du Hund, kipp uns ins Meer, mögen uns die Wellen unter sich begraben, widerwärtige Hündin! Hörst du? Hörst du mich? Ich spuck auf alles, spuck und piß dir in die zottige Schnauze! Bist du der Herr der Winde, dann schick uns deinen Sturm, ertränk uns im Meer, und wenn nicht, dann bist du die allerletzte Hundeschlampe, und ich bin ein Rüde, noch ein Rüde, bloß ich werd dich nicht ... da hast du, na los, los, los, beiß zu, beiß ...»

So, mit den gemeinsten Worten, schmähte Mylgun den Schaman der Winde, wo immer der existieren und wo immer er die ihm botmäßigen Winde verborgenhalten mochte. Noch lange, bis zur Heiserkeit und völligen Erschöpfung, schrie und wütete Mylgun, höhnte, beschimpfte und beschwor er zugleich den Herrn der Winde.

Dann schleuderte er mit aller Macht das Ruder ins Meer, setzte sich wieder an seinen Platz und begann unversehens laut und schrecklich zu heulen, das Gesicht in die Hände gepreßt. Alle schwiegen hilflos, er aber schluchzte bitterlich, rief die Namen seiner kleinen Kinder; und Kirisk, der noch nie einen Mann hatte weinen sehen, zitterte vor Angst und wandte sich mit Tränen in den Augen an Organ: «Atkytschch! Atkytschch! Warum weint er, warum?»

«Hab keine Angst», beruhigte ihn der Alte und preßte seinen Arm. «Das geht vorüber! Gleich hört er wieder auf. Mach dir keine Gedanken. Dich betrifft das nicht. Das geht vorüber.»

In der Tat besänftigte sich Mylgun ein wenig, aber das Gesicht hob er nicht aus den Händen, und seine Schultern wurden noch immer von heftigen Schluchzern geschüttelt. Emraijin lenkte das Boot langsam an das im Wasser schwimmende Ruder heran. Er zog es ans Boot, hob es auf und legte es wieder in die Gabel.

«Beruhige dich, Mylgun», sagte Emraijin mitfühlend. «Du hast recht, besser im Sturm umkommen als im Nebel schmachten. Aber warten wir ab, vielleicht klart das Meer doch noch auf. Was bleibt uns übrig ...»

Mylgun erwiderte nichts. Tiefer und tiefer sank sein Kopf, zusammengekrümmt saß er da, wie ein Irrer, der sich fürchtet, vorwärts zu blicken.

Der Nebel aber hing noch immer leidenschaftslos und tot über dem Ozean, verbarg die Welt in gewaltigem, erstarrtem Dunkel. Kein Wind, kein Wetterumschlag. Wie Mylgun dem Schamanen der Winde auch zugesetzt, wie er ihn auch gescholten und geschmäht hatte, er blieb alldem gegenüber taub und gleichgültig. Er wurde nicht einmal zornig, rührte sich nicht, strafte sie mit keinem Sturm ...

Emraijin ruderte sacht, damit sie nicht an einem Fleck verharrten, kaum merklich glitt das Boot durchs Wasser. Organ schwieg, versunken in seine Gedanken wohl, und dachte vielleicht das letzte Mal im Leben an seine Fischfrau.

Aus seinen unfrohen Greisengedanken riß ihn Kirisk.

«Atkytschch, Atkytschch, warum fliegt die Eule zu den Inseln?» fragte er leise.

«Ach ja, das hab ich vergessen, dir zu sagen. Bei so dichtem Nebel kann nur die Agukuk überm Meer fliegen. Sie fliegt zu den Inseln, um zu jagen, mitunter greift sie sich da Robbenjunge. Die Agukuk hat Augen, die selbst bei Nebel und in tiefer Nacht sehen wie am Tag. Dafür ist sie eine Eule. Eine sehr große und kräftige Eule.»

«Solche Augen hätte ich auch gern!» flüsterte Kirisk mit spröden Lippen. «Dann sähe ich gleich, in welche Richtung wir fahren müssen, wir würden rasch das Land erreichen und trinken, viel und lange trinken ... Solche Augen, wenn ich die hätte ...»

«Ach», seufzte Organ. «Jedem sind seine Augen gegeben.»

Sie verstummten. Und nach langer Zeit, gleichsam dieses Gespräch wiederaufgreifend, sagte Organ und sah dabei Kirisk ins Gesicht: «Ist's sehr schwer? Hab noch eine Weile Geduld. Hältst du durch, wirst du ein großer Jäger. Hab Geduld, mein Junge, denk nicht an Wasser, sondern an etwas anderes. Denk nicht an Wasser.»

Gehorsam versuchte Kirisk, seinen Rat zu befolgen. Es half nichts. Je mehr er sich anstrengte, nicht daran zu denken, desto unbändiger wollte er trinken. Auch essen wollte er, ihm wurde schon übel vor Hunger. Am liebsten hätte er gebrüllt wie Mylgun, daß man es weithin hörte.

So verrann jener Tag. Ständig warteten sie, ständig hofften sie, aus der Ferne Wellenrauschen zu hören, hofften auf einen frischen Wind, der den Nebel ans andere Ende der Welt vertriebe, ihnen aber den Weg zur Rettung eröffne. Doch auf dem Meer herrschte Stille, eine so unbewegte, verderbliche Stille, daß ihnen Kopf und Ohren schmerzten. Und ständig, unentwegt, endlos wollten sie trinken. Das war ungeheuerlich: Mitten auf dem grenzenlosen Ozean gingen sie zugrunde an Durst.

Gegen Abend fühlte sich Mylgun schlecht. Er sprach kein Wort mehr, und seine Augen waren stumpf. Er mußte etwas Wasser bekommen, um die Kehle anzufeuchten. Als Organ aber bemerkte, daß Kirisk den Blick nicht von der Kelle wenden konnte, goß er auch ihm einen Schluck ein, dann auch Emraijin. Selber nahm er wieder keinen Tropfen in den Mund. Als er diesmal das Fäßchen mit dem Rest Wasser unter die Bank schob, blieb er lange reglos sitzen, eigentümlich konzentriert und klar, weltentrückt, als spürte er keinen Durst und keine Qualen des Fleisches. Schweigend und unbewegt saß er auf seiner Heckbank wie ein einsamer Falke auf einer Felsspitze. Er wußte bereits, was ihm bevorstand, sammelte daher seine Sinne, schöpfte Kraft vor der letzten Tat seines Lebens. Bitter vermißte er seine Pfeife in dieser Stunde. Wie gern hätte der Alte sich zu guter Letzt eine Pfeife angesteckt und geraucht, während er seinen Gedanken nachhing – den Gedanken an seine Fischfrau.

Wo schwimmst du, Große Fischfrau?

Er wußte, wußte sehr wohl, wozu seine Kraft und Würde auf der Schwelle vom Ende noch reichten. Das einzige, was ihn zunächst von seinem Vorhaben abhielt, war Kirisk, der in diesen Tagen so sehr sein Herz an ihn gehängt hatte, sich ständig an ihn schmiegte und bei ihm Schutz und Wärme suchte ... Der Junge tat ihm leid. Aber gerade seinetwegen mußte er es tun ...

So vollendete sich der lange, unfrohe letzte Tag des alten Organ. Schon nahte der Abend. Noch eine Nacht brach an.

Auch in dieser Nacht blieb das Wetter unverändert. Der Nebel überm Meer verharrte unentwegt in seiner Erstarrung. Wieder senkte sich tiefes Abenddunkel, gefolgt von einer unheimlich langen, unerträglichen, grauenvollen Nacht. Ach, spränge doch mitten in der Nacht Wind auf, und sei's ein Sturm oder sonstwas, wenn nur der Himmel aufklarte und man die Sterne sah! Die Nacht aber verhieß nichts, keine Welle kräuselte das Wasser, kein Hauch bewegte die Luft – alles war erstorben in unendlicher Stille und in unendlichem Dunkel. Das einsame Boot, das im Finstern die Orientierung verloren hatte, mit den zerquälten, Hunger und Durst erliegenden Männern kreiste langsam im Nebel, völlig im Ungewissen und dem Untergang ausgeliefert.

Kirisk wußte nicht mehr genau, wann er eingeschlummert war. Aber es hatte lange gedauert, ehe er Schlaf fand, gequält, gepeinigt von unerträglichem Durst. Ihm schien, diese Qualen, die ihn lebendigen Leibes verzehrten, würden nie enden. Wasser brauchte er, nichts als Wasser! Das Hungergefühl schwand allmählich wie ein dumpfer, sich nach innen verziehender Schmerz, der Durst aber brannte immer heftiger. Und er konnte ihn nicht stillen.

Kirisk entsann sich: Als kleines Kind war er einmal schwer krank gewesen und hatte im Fieberschweiß gelegen – damals ging es ihm genauso schlecht, und er wollte unbedingt trinken. Die Mutter wich keinen Schritt von seinem Lager, wechselte ständig den feuchten Lappen auf seiner flammenden Stirn, weinte verstohlen

und flüsterte vor sich hin. Im Dämmerlicht, beim Schein der Tranlampe, sah er durch seine verschwimmenden, schimmernden Fieberträume das besorgte Gesicht der Mutter über sich geneigt – der Vater war nicht da, er war gerade auf See –, und Kirisk wollte trinken, wollte, daß der Vater schneller heimkehrte.
Aber keiner der beiden Wünsche ging in Erfüllung. Der Vater war weit weg, und zu trinken gab ihm die Mutter nichts. Sie sagte, trinken dürfe er auf gar keinen Fall. Mit einem feuchten Lappen benetzte sie seine verklebten Lippen, doch das erleichterte seine Leiden nur für einen Moment. Erneut plagte ihn der Durst, er wurde unerträglich.
Die Mutter redete ihm gut zu, bat ihn inständig, kein Wasser zu trinken, sagte, er müsse das überwinden, dann würde er gesund.
Halt durch, mein Lieber! sagte sie. Gegen Morgen wird dir besser. Sag immer wieder vor dich hin: Blaue Maus, gib Wasser! Paß auf, das hilft. Bitte das blaue Mäuschen, es möge kommen und dir Wasser bringen, mein Kleiner ... Du mußt sie nur ganz lieb bitten ...
In jener Nacht, da er gegen den Durst ankämpfte, murmelte er diese Beschwörung in der Erwartung, die blaue Maus käme tatsächlich und brächte ihm zu trinken. Immer wieder flehte er sie an: Blaue Maus, gib Wasser! Blaue Maus, gib Wasser! Dann phantasierte er, von Fieber geschüttelt. Und ständig bat er: Blaue Maus, gib Wasser! Lange zeigte sie sich nicht, er aber flüsterte unentwegt, rief sie, weinte und flehte: Blaue Maus, gib Wasser! Endlich kam sie angelaufen. Die blaue Maus war kühl und flüchtig wie ein Windhauch am Waldbach zur Mittagszeit. Kaum zu erkennen, erwies sie sich dann als himmelblau und schwerelos, flatterte wie ein Schmetterling. Hin und her huschend, streifte das Mäuschen mit seinem weichen Fell Kirisks Gesicht, seinen Hals, seinen Körper, und das brachte ihm Erquickung. Es war ganz so, als gäbe sie ihm zu trinken, und er tränke lange, unersättlich, das Wasser aber würde mehr und mehr, sprudelte um ihn herum, überflutete ihn bis über den Kopf ...
Am Morgen erwachte er mit einem Gefühl der Freude und Erleichterung, genesen, wenn auch noch sehr schwach. Und noch lange danach ging dem Jungen die blaue Maus, die Wasserspen-

derin, nicht aus dem Sinn, die ihn besucht hatte in jener Nacht, als er sehr krank war, um ihn zu tränken und zu heilen …

Daran erinnerte er sich jetzt, da er im Boot vor Durst ausdörrte, verbrannte. Ach, käme sie doch wieder, die blaue Maus! Sehnsüchtig und kummervoll gingen seine Gedanken zur Mutter, die ihm die Hoffnung auf die durststillende blaue Maus eingeflößt hatte. Voll Mitleid entsann er sich, wie die Mutter sich über ihn gebeugt hatte, als er so schwer atmete und so gern trinken wollte. Wie traurig, bis zu Tränen hingebungsvoll, hatte sie ausgesehen, wie besorgt hatte sie ihn angeblickt, flehentlich und voll heimlicher Angst, bereit, alles in ihren Kräften stehende zu tun. Wie mochte es ihr jetzt gehen? Sicher verzehrte sie sich vor Gram, weinte, wartete und wartete am Strand … Das Meer aber blieb stumm. Und niemand vermochte ihr in diesem Leid zu helfen. Nur die Frauen und Kinder brannten sicher noch immer Feuer an den Steilhängen des *Scheckigen Hundes* und nährten ihre Hoffnung: Vielleicht wollte es das Schicksal, und am Ufer erschienen doch noch die auf See Verschollenen?

Sie aber kreisten indes langsam mit ihrem Boot im leblosen giftigschwarzen Raum und verloren im Dunkel des nächtlichen Nebels die letzte Hoffnung auf Rettung. Zu ungleich waren die Kräfte: Das Dunkel der Ewigkeit, das es bereits gegeben hatte, ehe die Sonne im Weltall erschien, und die vier dem Untergang Geweihten in dem zerbrechlichen Kahn … Ohne Wasser, ohne Nahrung, ohne Leitsterne inmitten des Ozeans …

Nie zuvor hatte Kirisk so undurchdringliche Schwärze gesehen, nie zuvor in seinem kurzen Leben geahnt, wie grausam die Qualen ungestillten Durstes sind. Um nicht zu verzweifeln, begann er an jene blaue Maus zu denken, die ihm dereinst beigestanden, die ihn getränkt und geheilt hatte …

«Blaue Maus, gib Wasser!» Unermüdlich flüsterte er diese sonderbare Beschwörung vor sich hin, die ihn die Mutter gelehrt. «Blaue Maus, gib Wasser, blaue Maus, gib Wasser!» Und obwohl das Wunder nicht geschah, fuhr er fort, flehentlich nach der blauen Maus zu rufen. Sie war nun seine einzige Hoffnung, sein Zauberwort gegen den Durst …

«Blaue Maus, gib Wasser!»

Sich selbst beschwörend, um sich auf diese Weise abzulenken, zwischen Wachen und Träumen, vernahm der Junge unwillkürlich Fetzen eines Gesprächs zwischen Organ und Emraijin. Die beiden beredeten etwas lange und leise. Es war ein sonderbares, unverständliches Gespräch mit langen Pausen, mit halben und bisweilen dunklen Worten. Besser noch unterschied Kirisk die Worte von Organ, an dessen Seite er lehnte – der Alte sprach mühsam, schwer atmend, aber hartnäckig bestrebt, das Röcheln und Gurgeln in seiner Kehle zu bezwingen – den Vater verstand er schlechter, der saß weiter weg an seinen Rudern.

«Nicht mir steht es zu, dich zu belehren, aber überleg es dir, Atkytschch», flüsterte Emraijin eindringlich, als könnte einer sie hier hören. «Du bist doch ein kluger Mann.»

«Ich habe darüber nachgedacht, sehr gründlich – so ist es am besten», erwiderte Organ, der offenbar auf seiner Meinung beharrte.

Für kurze Zeit verstummten sie, dann sprach Emraijin: «Wir sitzen alle in einem Boot, sollten alle auch das gleiche Schicksal teilen.»

«Schicksal, Schicksal», murmelte der Alte bitter. «Seinem Schicksal entrinnt keiner», murmelte er heiser, «dafür ist es das Schicksal, ob du dich ihm unterwirfst oder nicht. Wenn uns aber schon das Ende bevorsteht, kann einer das Schicksal beschleunigen, damit die andern Zeit gewinnen. Überleg doch selbst, plötzlich sind die Wege offen, du holst die letzte Kraft aus dir heraus, das Land ist schon in Sicht, und dann fehlen dir ein paar Schluck Wasser, um durchzustehen, wäre das klug, wäre das nicht schlimm?»

Emraijin antwortete darauf etwas Unverständliches, und sie verstummten.

Kirisk versuchte wieder einzuschlafen und rief unentwegt nach seiner blauen Maus. Er glaubte, sie erschiene, sowie er schliefe … Doch er fand keinen Schlaf …

«Blaue Maus, gib Wasser!»

«Na, wie geht es Mylgun?» fragte Organ.

«Unverändert – er liegt», entgegnete Emraijin.

«Er liegt, sagst du …» Und nach kurzem Zaudern erinnerte ihn der Alte: «Wenn er zu sich kommt, richt es aus.»

«Gut, Atkytschch.» Emraijins Stimme zitterte, er räusperte sich angestrengt. «Ich richte alles aus, wie besprochen.»

«Sag ihm, ich habe ihn geachtet. Er ist ein großer Jäger. Und kein schlechter Mensch. Stets habe ich ihn geachtet.»

Erneut verstummten sie.

«Blaue Maus, gib Wasser!»

Emraijin sagte dann noch etwas, Kirisk konnte seine Worte nicht recht verstehen, doch Organ antwortete darauf: «Nein, ich kann nicht warten. Siehst du nicht? Ich bin am Ende meiner Kraft. Ein guter Hund verendet abseits von fremden Augen. Ich tu's selbst. Ich war ein großer Mann! Das weiß ich. Habe immer von der Großen Fischfrau geträumt. Du wirst das nicht begreifen ... Ich will dorthin ...»

Dann redeten sie noch über etwas. Kirisk schlummerte ein, den Ruf nach der blauen Maus auf den Lippen: «Blaue Maus, gib Wasser!»

Schon im Einschlafen, hörte er, wie der Vater näher zu Organ rückte und sagte: «Erinnerst du dich, Atkytschch, wie einst Kaufleute mit Rentieren zu uns kamen, Äxte und sonst allerlei zum Tausch anboten? So ein Langer, Rothaariger von denen sagte damals, in einem fernen Land habe einmal ein großer Mann gelebt, der sei zu Fuß übers Meer gegangen. Es gab doch solche Leute ...»

«Das muß ein sehr großer Mann gewesen sein, der Größte der Großen», entgegnete Organ. «Und die Größte bei uns ist die Fischfrau.»

Kirisk schlief bereits, aber einige Worte drangen dennoch verschwommen in sein Bewußtsein:

«Wart noch. Überleg es dir ...»

«Es ist Zeit. Ich hab mein Leben gelebt ... Halt mich nicht zurück. Meine Kraft ist zu Ende. Ich ertrag's nicht ...»

«Bei dieser Finsternis!»

«Was ändert das?»

«Ich hab noch soviel Worte, dir zu sagen ...»

«Die Worte sind unerschöpflich ... Es wird sie noch geben, wenn wir nicht mehr sind ...»

«Diese Finsternis ...»

«Halt mich nicht zurück. Ich ertrag's nicht, meine Kräfte schwinden. Und ich will selbst ...»

«Diese Finsternis ...»

«Ihr werdet euch noch eine Weile halten, habt noch einen kleinen Rest Wasser ...»
Eine große, rauhe und breite Hand tastete nach dem Jungen und legte sich behutsam auf seinen Kopf. Im Halbschlaf begriff Kirisk: Das war Organs Hand. Für kurze Zeit ruhte die warme, schwere Hand auf seinem Kopf, als wolle sie ihn beschützen, ihm sich einprägen:

Kirisk träumte, er gehe zu Fuß übers Meer. Gehe dorthin, wo Land sein mußte, um sich satt zu trinken. Schreite aus, ohne einzusinken, ohne zu ertrinken. Eine wunderbare und seltsame Aussicht öffnete sich nach allen Seiten. Klares, glänzendes Meer so weit das Auge reichte. Außer dem Meer, außer dem Meereswasser gab es nichts auf der Welt. Nur Meer und nur Wasser. Und er ging über dieses Wasser wie über festes Land. Und die Wogen rollten ruhig unter der Sonne, von überall her, von allen Seiten. Unfaßbar, woher sie kamen und wohin sie liefen.
Er schritt übers Meer in völliger Einsamkeit. Zuerst glaubte er noch, vor Organ, Emraijin und Mylgun zu schreiten, um möglichst schnell Trinkwasser zu finden und sie gleich herbeizurufen. Dann aber begriff er, daß er hier mutterseelenallein war. Er schrie, rief sie, doch keiner gab Antwort. Keine Menschenseele, kein Laut, kein Schatten ... Er wußte nicht, wohin sie verschwunden waren. Da packte ihn das Grauen. Seine Schreie erreichten niemand. Und nirgends war Land, wohin er auch blickte. Er lief übers Meer, schwer atmend, alle Kräfte einsetzend, näherte sich aber keinem Land, blieb immerzu am selben Fleck, nur sein Durst wurde mit jedem Augenblick heftiger, unerträglicher. Da sah er über sich einen Vogel fliegen. Es war die Ente Luwr. Auf der Suche nach einem Nistplatz eilte sie schreiend über das Meer. Fand aber nirgends auch nur einen Fetzen Erde. Weit und breit plätscherten endlose Wellen. Die Ente Luwr stöhnte jammervoll, flatterte hierhin und dorthin.
Ente Luwr! rief Kirisk. Wo ist Land, in welcher Richtung, ich will trinken!
Noch gibt es kein Land auf der Welt, nirgends! erwiderte die Ente Luwr. Allüberall ist nur Wasser!
Und wo sind die anderen? fragte der Junge und meinte die verschwundenen Menschen.

Es gibt sie nicht, such sie nicht, sie sind nirgends, antwortete die Ente Luwr.
Unbeschreibliche, grauenvolle Einsamkeit und Kummer überfielen Kirisk. Am liebsten wäre er weggerannt, so weit das Auge reicht, aber wohin sollte er laufen, wenn ihn von allen Seiten Wasser und Wogen umgaben? Die Ente Luwr entschwand in der Ferne, verwandelte sich in einen schwarzen Punkt.
Ente Luwr, nimm mich mit, laß mich nicht allein! Ich will trinken! flehte der Junge.
Sie aber antwortete nicht und war bald über dem Meer verschwunden, auf der Suche nach der noch nicht vorhandenen Erde. Die Sonne blendete die Augen.
Kirisk erwachte, in Tränen gebadet, noch immer schluchzend, bedrückt von aussichtslosem Kummer und Furcht. Langsam schlug er die verweinten Augen auf und begriff, er hatte geträumt. Das Boot schaukelte leicht auf dem Wasser. Aufhellendes Nebelgrau hing über ihm, umgab ihn von allen Seiten. Also war die Nacht vergangen, und es nahte der Morgen. Er regte sich.
«Atkytschch, ich möchte trinken, ich habe geträumt», murmelte er und streckte die Hand aus nach dem alten Organ. Er griff ins Leere. Organs Platz am Heck war leer.
«Atkytschch!» rief Kirisk. Keine Antwort. Der Junge hob den Kopf und schrak zusammen.
«Atkytschch, Atkytschch, wo bist du?»
«Schrei nicht!» rief Emraijin und rückte zu ihm. Er umfing den Sohn und preßte ihn fest an seine Brust. «Schrei nicht, der Atkytschch ist nicht mehr da. Ruf ihn nicht! Er ist weg, zur Fischfrau.»
Kirisk gab nicht nach. «Wo ist mein Atkytschch? Wo? Wo ist mein Atkytschch?»
«So hör doch! Weine nicht! Beruhige dich, Kirisk, er ist nicht mehr da!» versuchte der Vater ihn zu beschwichtigen. «Laß das Weinen. Er hat gesagt, ich soll dir Wasser geben. Wir haben noch einen Rest. Wenn du nicht mehr weinst, gebe ich dir zu trinken. Weine nur nicht mehr. Bald weicht der Nebel, warte nur ...»
Kirisk gab sich nicht zufrieden, verzweifelt entriß er sich den Armen des Vaters. Von seinen heftigen Bewegungen geriet das Boot ins Schwanken. Emraijin wußte nicht, was tun.

«Gleich fahren wir! Paß auf, gleich geht es los! He, Mylgun, erheb dich, erheb dich, sag ich. Wir fahren!»
Mylgun begann zu rudern. Sacht glitt das Boot durch die Wellen. Und wieder fuhren sie ziellos, ins Ungewisse, in undurchdringlichem, milchigem Nebel, der nach wie vor die ganze Welt verdunkelte.
So empfingen sie den neuen Tag. Nun waren sie nur noch drei im Boot.

«Blaue Maus, gib Wasser!»

Später dann, als Kirisk sich ein wenig beruhigt hatte, setzte sich Emraijin an seinen Platz, und mit vier Rudern fuhren sie etwas schneller, ziellos, ins Ungewisse. Kirisk aber, der verwaist am Heck saß, schluchzte noch immer bitterlich, erschüttert über das Verschwinden des alten Organ. Der Vater und Mylgun waren gleichfalls niedergedrückt und vermochten weder sich selbst zu helfen noch ihm, Kirisk. Ratlos legten sie sich in die Riemen und fuhren einfach, um zu fahren. Ihre Gesichter wirkten schwarz in dem weißen Nebel. Und sie alle beherrschte eine gemeinsame, unabwendbare, grausame Not – Hunger und Durst.
Sie wechselten kein Wort. Hatten Angst zu reden. Erst nach geraumer Zeit warf Mylgun die Ruder hin.
«Verteil Wasser!» sagte er finster zu Emraijin.
Emraijin goß aus dem Fäßchen jedem ein paar Schluck in die Kelle. Das Wasser war muffig, roch unangenehm und schmeckte faulig. Aber selbst davon blieb jetzt nur noch ein winziger Rest. Für drei-, viermal langte es noch, für mehr nicht. Keiner hatte den Durst gelöscht, keiner spürte Erleichterung nach dem Trinken.
Und wieder begann das bedrückende, abstumpfende Warten: Würde sich das Wetter ändern oder nicht? Schon äußerte keiner mehr Zuversicht. Erschöpft und zermürbt, verfielen sie unwillkürlich der Gleichgültigkeit, schicksalsergeben kreisten sie ziellos mit dem Boot in dem tückischen Nebel. Das allein war ihnen geblieben – sich in ihr Los zu schicken. Immer vollständiger unterwarf und beugte der Nebel ihren Willen. Nur einmal rief Mylgun nach einem kräftigen Fluch mit bebender, haßerfüllter Stimme: «Wenn bloß der Nebel verschwände, dann wollte ich gern sterben! Stürzte mich selber aus dem Boot! Den ersten Sonnenstrahl noch erleben!»

Emraijin schwieg, wandte nicht einmal den Kopf. Was hätte er auch sagen sollen? Im Boot war er jetzt der Älteste. Aber einen Ausweg zeigen konnte er nicht. Wo wollten sie schon hinfahren?
Die Zeit verrann. Das Boot trieb nun von allein, bald kam es zum Stillstand, bald wurde es weitergetragen.
Und mit jeder Stunde wurde ihre Lage bedrohlicher – zu dem unstillbaren Durst gesellte sich heftiger, brennender Hunger. Ihre Kräfte erlahmten, schwanden.
Kirisk lag am Heck mit halbgeschlossenen Augen. Sein Kopf war bleiern, ihn schwindelte, sein Atem ging schwer – Krämpfe befielen den leeren Magen. Und ständig wollte er trinken. Unbändig trinken.

«Blaue Maus, gib Wasser!»

Indem der Junge die blaue Maus rief, sie beschwor, hoffte er nun, der Wirklichkeit zu entfliehen, rettete er sich in die Erinnerung an jenes Leben, das am Fuß des *Scheckigen Hundes* zurückgeblieben war – jetzt schon so fern und märchenhaft.
«Blaue Maus, gib Wasser!» flüsterten seine Lippen, und weil sich in seinem Kopf alles drehte, stellte er sich vor, wie sie gespielt hatten, wie sie von einem grasbewachsenen Hügel gleich Baumstämmen hinabgerollt waren. Das war ein lustiges Spiel! Kirisk war bei diesem Spaß der Geschickteste und Ausdauerndste. Man muß auf den steilen Hügel laufen und von dort hinunterkullern, sich dabei um sich selber drehen wie ein entrindeter Stamm, den man den Hang hinabrollt. Die Hände fest an den Körper pressen. Erst etwas nachhelfen, um Schwung zu bekommen. Hat man sich dann ein-, zweimal gedreht, rollt man weiter von allein – unaufhaltbar. Lacht, wiehert vor Vergnügen, und der Himmel neigt sich bald auf die eine, bald auf die andere Seite, Wolken wirbeln und flimmern vor Augen, es wirbeln und stürzen Bäume, alles fliegt kopfüber, und die Sonne am Himmel kugelt sich vor Lachen. Und das Geschrei und Gekreisch der Kinder! Da kullert man, kullert hinunter und dreht sich immer schneller, vorbei huschen mal langgestreckte Gesichter, mal krummwinklige Beine der hinterher kullernden Kinder, und schließlich – Halt. Huch! Wie die Ohren dröhnen!
Und jetzt der wichtigste Moment. Bevor bis drei gezählt wurde, muß man schon auf den Beinen stehen, darf nicht vor Benommen-

heit wieder hinfallen. Die meisten fallen doch beim ersten Versuch. Das gibt ein Gelächter! Alle lachen, und man selbst lacht mit. Möchte sich gern halten, aber die Erde schwimmt einem unter den Füßen fort. Doch Kirisk fiel nicht. Er hielt sich auf den Beinen. Riß sich zusammen. War doch Musluk in der Nähe. Da wollte er nicht hinschlagen wie ein Schwächling.
Am schönsten und lustigsten aber war, wenn er mit Musluk um die Wette hinunterrollte. Mädchen können das nämlich auch. Nur sind die meisten Angsthasen, sie bleiben außerdem oft irgendwo mit den Zöpfen hängen. Aber das zählt nicht. Ohne blaue Flecken geht es nicht ab bei so einem lustigen Spiel.
Wenn Kirisk zusammen mit Musluk hinabkullerte, dann spreizte er absichtlich unmerkbar die Ellenbogen – er bremste, um sie nicht zu überholen. Gleichzeitig kamen sie unten an unter dem Geschrei und Gelächter der übrigen, gleichzeitig sprangen sie auf die Beine, bevor einer bis drei gezählt hatte, und niemand ahnte, welche Seligkeit es ihm bereitete, Musluk festzuhalten, ihr zu helfen, daß sie stehen blieb. Unwillkürlich umarmten sie sich, als wollten sie einander stützen. Musluk lachte dabei so fröhlich, ihre Lippen waren so verlockend, und dauernd forderte sie Kirisk heraus, sie zu stützen, tat so, als stürze sie und er müsse ihr helfen, sich auf den Beinen zu halten, müsse sie umfassen, umarmen. Niemand ahnte, welche Augenblicke geheimnisvollen Glücks und scheuer Liebe sie dabei erlebten. Unter dem dünnen Kleidchen des Mädchens schlug ein wildes Herz, hin und wieder berührten sich ihre Körper, und Kirisk nahm wahr, wie seine Hand ihre kleinen, gerade erst knospenden straffen Brüste streifte, sie dabei erschauerte und sich rasch an ihn schmiegte, und wie rätselhaft ihre vom Schwindelgefühl noch ganz benommenen Augen strahlten. Die ganze Welt, alles auf Erden und am Himmel schwamm und drehte sich mit ihnen, tauchte in ihr unstillbares Lachen und Glück. Und niemand ahnte etwas von diesem Glück.
Nur ein einziges Mal war ein verachtenswerter und verhaßter Gefährte, wenig älter als Kirisk, darauf gekommen – ließ sich wie ein Tölpel auf Musluk fallen, als könne er sich vor Kopfsausen nicht aufrecht halten. Musluk wich ihm aus, rannte fort, er aber tat, als sei er taumelig, setzte ihr nach und wälzte sich auf sie. Da begann Kirisk mit ihm zu raufen. Der andere war größer und riß ihn ein

paarmal um. Dennoch endete der Kampf unentschieden – Kirisk ergab sich nicht und gestattete auch Musluk nicht, für ihn einzutreten ... Aber das geschah nur ein einziges Mal ... Dann gab es noch die frohen Augenblicke, da sie, verschwitzt und erhitzt nach dem Spiel, zum Bach liefen, um Wasser zu trinken.

«Blaue Maus, gib Wasser!
Ach, blaue Maus, gib Wasser!»

Der Bach floß ganz in der Nähe. Trat gerade dort aus dem Wald, wo sie spielten. Sein Wasser plätscherte über die Steine, bewahrte in seinem Lauf Waldesdunkel und Waldeskühle. Zu beiden Seiten drängte sich dichtes Grün an den Bach, bis heran an die Strömung. Die unmittelbar am Rand wachsenden Gräser wurden überspült, ihre langgestreckten Halme widersetzten sich der munter anrennenden Wasserflut. So eilte der Bach sorglos dem Meer entgegen, funkelte hier in der Sonne, tauchte dort unter ein Steilufer oder verbarg sich in einem Gewirr von Gräsern und in Weidengestrüpp. Gleichzeitig erreichten sie den Bach, gleichzeitig warfen sie sich nieder am Wasser, drückten die Gräser auseinander. Da blieb keine Zeit, die Hände zu waschen und das Wasser mit der hohlen Hand zu schöpfen, sie tranken wie die Rentiere, die Köpfe gebeugt, die Gesichter in den gluckernden, sanft kitzelnden Strom getaucht. Das war ein Genuß!

«Blaue Maus, gib Wasser!
Blaue Maus, gib Wasser!
Ach, blaue Maus, gib doch Wasser! ...»

Sie lagen am Bach, die Köpfe zum Wasser gesenkt, Schulter an Schulter, und die in die rasche Flut getauchten Hände verflochten sich, als wäre es ein einziges Paar. Sie tranken, mit den Lippen nach dem Wasser schnappend, mit Verschnaufpausen, tranken sich genußvoll satt und alberten herum: blubberten mit dem Mund im Wasser. Sie wollten gar nicht mehr weg von dort, wollten die geneigten Köpfe gar nicht mehr von dem klaren Bach heben, in dem sie ihre schwanken, flüchtigen Abbilder erblickten, lächelten ihnen zu, den drollig verzerrten Spiegelungen, und lächelten einander zu.

«Blaue Maus, gib Wasser!
Blaue Maus, gib Wasser!
Blaue Maus, gib Wasser!
Ach, blaue Maus, gib doch Wasser!»

Verschmitzt schielte ihn Musluk mit ihren schmalen Augen an, ohne das Antlitz vom Bach zu heben, und er erwiderte ihren Blick, antwortete mit dem gleichen verschmitzten Lächeln. Sie knuffte ihn mit der Schulter, als wolle sie ihn fortschieben, er aber wich nicht. Da nahm sie den Mund voll Wasser und sprühte es ihm ins Gesicht. Er tat dasselbe: nahm noch mehr Wasser in den Mund, sprühte es kräftig ihr ins Gesicht. So ging es unaufhaltsam hin und her. Sie jagten einander durchs Wasser, bespritzten sich hemmungslos, rannten naß von Kopf bis Fuß, kreischend und laut lachend, bachauf und bachab.

«Blaue Maus, gib Wasser!»

Schwer bedrückte Kirisk die Erkenntnis, daß dies ein für allemal vorbei war. Immer mühsamer rang er nach Luft, immer häufiger befielen ihn Magenkrämpfe. Er weinte leise, krümmte sich leise vor Schmerz und rief unentwegt die blaue Maus:

«Blaue Maus, gib Wasser!»

So lag er und suchte Vergessen in Träumen. Nichts änderte sich. Noch immer bedeckte sie der weiße Nebelschleier. Kraftlos wälzten sie sich im Boot, ein jeder an seinem Platz. Ungewiß blieb nach wie vor, was ihrer harrte, als das Boot jäh ruckte und er den erschrockenen Ruf des Vaters vernahm: «Mylgun! Mylgun! Was tust du? Laß das!»

Kirisk hob den Kopf und traute seinen Augen nicht: Mylgun hing über der Bordwand, schöpfte mit der Kelle Meerwasser und trank.

«Laß das!» schrie Emraijin, stürzte auf ihn zu und suchte ihm die Kelle zu entreißen.

Doch Mylgun wehrte ihn drohend ab: «Komm mir nicht nahe, Bärtiger! Ich erschlag dich!»

Dieses bitter-salzige Wasser, das in den Mund zu nehmen unvorstellbar war, trank er, begoß dabei seine Kleidung, das Wasser rann ihm auf Brust und Ärmel, er trank, würgend, mit Selbstüberwindung, kippte die Kelle mit zitternden Händen. Sein Gesicht war raubtierhaft gefletscht.

Dann schleuderte er die Kelle ins Boot, warf sich der Länge lang hin und wälzte sich auf dem Boden, heiser krächzend und keuchend. So blieb er liegen, und keiner konnte ihm helfen. Vor Angst krümmte sich Kirisk zusammen, von noch heftigerem Durst, noch

wilderen Magenkrämpfen geschüttelt. Niedergeschlagen griff Emraijin erneut nach den Rudern und lenkte das Boot irgendwohin in den Nebel. Etwas anderes konnte er nicht tun.
Mylgun war bald still, bald zuckte er wieder in Krämpfen, röchelte, vor Durst vergehend. Nach einer Weile aber hob er den Kopf.
«Es brennt! In mir brennt alles!» Und er riß seine Kleidung von der Brust.
«Sag doch, was kann ich tun? Wie kann ich dir helfen? Da ist noch was.» Emraijin nickte zum Fäßchen hin. «Soll ich dir ein wenig eingießen?»
«Nein», entgegnete Mylgun. «Jetzt nicht mehr. Ich wollte bis zur Nacht durchhalten und dann, wie unser unvergeßlicher Atkytschch ... hab es aber nicht geschafft. Nun gut. Sonst hätte ich noch was Unrechtes getan. Das ganze Wasser ausgetrunken. Jetzt ist mein Ende gekommen, und ich gehe. Mit mir ist's zu Ende. Ich tu's allein, habe noch die Kraft ...»
Schrecklich und unerträglich war es, mitten im grenzenlosen, unbeweglichen Nebel die Worte eines Mannes zu hören, der sich selbst zu einem langsamen Tod verurteilt hatte. Emraijin versuchte, seinen Freund und Bruder Mylgun zu beruhigen, ihm etwas zu sagen, jener aber wollte ihn nicht anhören, er beeilte sich, fest entschlossen, seine Qualen mit einem Schlag zu beenden.
«Sag du mir nichts, Emraijin, gar nichts, es ist zu spät», murmelte Mylgun wie von Sinnen. «Ich gehe von allein. Ganz allein. Ihr beide aber, Vater und Sohn, entscheidet selbst. So ist es besser. Verzeiht mir, daß es so gekommen ist. Ihr seid Vater und Sohn, ihr müßt bleiben, noch habt ihr einen Rest Wasser ... Ich aber steige jetzt aus.» Mit diesen Worten erhob sich Mylgun, klammerte sich gebeugt an den Bootsrand. Taumelnd, alle Kraft zusammennehmend, sagte Mylgun zu Emraijin, während er ihn mit gesenktem Kopf ansah: «Hindere mich nicht, Bärtiger! Es muß sein. Hindere du mich nicht. Lebt wohl. Vielleicht schafft ihr es. Ich bin soweit ... Du fahr sofort weg. Sofort, zögere nicht ... Wenn du dich mir näherst, kippe ich das Boot um ... Und nun ruder, Bärtiger, ruder kräftiger. Hörst du, ich kippe es um ...»
Emraijin blieb nichts anderes übrig, als Mylguns Drohungen und

Bitten zu beherzigen. Das Boot stieß nach vorn, durchschnitt lautlosen Nebel und lautloses Wasser. Kirisk brach in Weinen aus. «Aki-Mylgun! Aki-Mylgun! Bitte, nicht!»
In diesem Augenblick wälzte sich Mylgun entschlossen über Bord. Das Boot legte sich stark zur Seite und richtete sich wieder auf. «Weg! Rudert weg!» schrie Mylgun, im eisigen Wasser zappelnd.
Alsbald hatte der Nebel ihn verschluckt. Alles verstummte, dann erklang in der dröhnenden Stille noch einmal die Stimme, der letzte Schrei des Ertrinkenden. Da hielt es Emraijin nicht länger aus. «Mylgun! Mylgun!» schrie er und wendete aufschluchzend das Boot.
Sie kehrten schnell zurück, aber Mylgun war bereits verschwunden. Die Wasseroberfläche lag öde und ruhig, als wäre nichts geschehen. Schon fiel es schwer, den Ort zu bestimmen, wo soeben ein Mensch ertrunken war.
Den ganzen Rest des Tages kreisten sie hier, ruderten nirgends hin. Beide weinten, ausgehöhlt und zermürbt von Leid. Das erste Mal im Leben sah Kirisk den Vater weinen. Das war noch nie vorgekommen.
«Nun sind wir also allein», murmelte Emraijin fassungslos und wischte sich die Tränen aus dem Bart. «Mylgun, mein treuer Mylgun!» flüsterte er schluchzend.
Der Tag ging schon zur Neige. So schien es. Falls es irgendwo eine Sonne gab, falls sie über den Meeren, über den Nebeln am Himmel entlangzog, dann begab sie sich wahrscheinlich bereits zur Ruhe. Hier aber, unter der dichten Nebeldecke, die sich mit Dämmerfeuchte vollsog und immer dunkler wurde, kreiste auf dem Meer ein verschollenes einsames Boot, in dem nur noch zwei waren – Vater und Sohn. Ehe Emraijin zu dem Schluß gekommen war, daß es Abend wurde, hatte er endlich entschieden, es sei Zeit zu trinken. Er sah, wie sehnsüchtig Kirisk darauf wartete, und verstand, was es den Sohn kostete, Durst und Hunger zu erdulden, sich zu bezwingen und keinen Ton zu sagen. Mylguns Ende hatte für eine Weile jeden Gedanken an Wasser gleichsam erstickt. Allmählich jedoch wurde der Durst wieder übermächtig, nun brannte er schon doppelt so stark, und grausam rächte sich der erzwungene Aufschub der Qualen.

Äußerst behutsam, um nur ja keinen Tropfen zu verschütten, goß Emraijin zuerst Kirisk von dem dumpfigen Wasser ein. Der Junge packte die Kelle und hatte im Handumdrehen, wie besessen, seinen Anteil verschluckt. Als Emraijin dann sich selbst eingoß, gewahrte er, daß der Rest Wasser nur noch den Boden des Fäßchens bedeckte. Kirisk bemerkte es gleichfalls, sah er doch, wie stark der Vater das Fäßchen neigte. Emraijin erstarb, tief betroffen, obwohl er das eigentlich erwartet hatte. Jetzt zögerte er, sein Wasser zu trinken. Nachdenklich hielt er die Kelle in der Hand, von einem Gedanken erschüttert, angesichts dessen die Stillung seines Durstes nichts mehr bedeutete.

«Da, halt mal», sagte er und reichte die Kelle dem Sohn, obwohl er das nicht hätte tun sollen. Für den Jungen war es eine Folter, die Kelle mit dem Wasser zu halten und nicht zu trinken. Emraijin, der sich so die Hände freigemacht hatte, trieb den Stopfen fest in das Spundloch und stellte das fast leere Fäßchen an seinen Platz.

«Trink», gebot er dem Sohn.

«Und du?» fragte Kirisk verwundert.

«Ich trinke später. Mach dir keine Gedanken, trink», sagte der Vater ruhig.

Da stürzte Kirisk unversäumt auch diese Portion stinkenden Wassers hinunter. Seinen Durst stillte sie keineswegs, wie er es gewünscht hätte, dennoch spürte er eine kleine Erleichterung.

«Na?» erkundigte sich der Vater.

«Ein bißchen besser», flüsterte der Junge dankbar.

«Hab keine Angst. Und merk dir, selbst ohne einen Tropfen Wasser im Mund kann der Mensch zwei, drei Tage aushalten. Was immer geschieht, hab keine Angst ...»

«Hast du deshalb nicht getrunken?» unterbrach ihn Kirisk.

Überrumpelt von dieser Frage, geriet Emraijin in Verwirrung. Nach kurzem Überlegen sagte er kurz: «Ja.»

«Und wie lange kann man leben, ohne zu essen? Wir essen doch seit Tagen nicht mehr.»

«Hätten wir nur Wasser! Aber denk nicht dran. Wir wollen lieber weiterfahren. Ich möchte mit dir reden.»

Emraijin ließ die Ruder knirschen, und langsam bewegten sie sich im Nebel übers Meer, als könnten sie nicht an dem Ort reden, an dem sie sich befanden. Der Vater mußte selber Mut schöpfen. Ihm schien, so könne er sich besser sammeln, sich auf das Gespräch vorbereiten, an das auch nur zu denken ihn graute. Nicht genug, daß er selbst ruderte, er befahl auch dem Sohn, sich an die Ruder zu setzen. Notwendig war das nicht, ebensowenig, wie überhaupt zu fahren. Mühsam handhabte der Junge die für ihn zu schweren Meeresruder. Eins allein hätte er noch bewältigt, ein Paar war zuviel für sein Alter. Zudem spürte Emraijin, daß der Junge merklich geschwächt war, so wie auch er von Stunde zu Stunde ermattete. Eben dies trieb ihn zur Eile. Die Zeit verrann, unerbittlich.

Kirisk schwieg und blickte sich nicht um, fiel beim Durchziehen der schweren Ruder immer wieder aus dem Gleichtakt. Doch nicht das machte Emraijin Sorgen. Während er den Sohn so von hinten ansah, seine gebeugte und, wie er jetzt bemerkte, noch immer kindlich schmächtige, hilflose kleine Gestalt, zerbiß er sich die Lippen, flutete heißes Blut in sein schmerzhaft pochendes Herz. Und doch wagte er nicht, das Gespräch zu beginnen, obwohl ihm kein anderer Ausweg blieb ...

Allmählich verschlechterte sich die Sicht im Nebelgrund, Emraijin aber ruderte noch immer, in schwere Gedanken versunken, und Zeit blieb ihm in der Tat nur noch wenig. Wie er sich auch beherrschte, wie stark er auch von Natur war, Durst und Hunger rangen ihn rasch nieder, verzehrten rasch seine Kräfte. Er mußte sich beeilen, den Sohn auf das vorzubereiten, was seine Gedanken jetzt beschäftigte, mußte es tun, solange er noch durchhielt und Herr über sich selbst war.

Er begriff, daß nach Organ und Mylgun auch ihm beschieden war, das Boot zu verlassen, daß dies die einzige Möglichkeit war, das Leben des Sohnes wenn nicht zu retten, so zumindest um soviel zu verlängern, als der Wasserrest auf dem Grunde des Fäßchens zuließ. Er wußte nicht, ob der Nebel in dieser Nacht verwehen würde oder in der nächsten, und schon gar nicht, was den Sohn erwartete, falls das Wetter früher oder später aufklarte – wie er dann, allein geblieben auf See, überleben und sich retten könnte. Darauf gab es keine Antwort. Seine einzige, wenig wahrscheinliche, wohl sogar unerfüllbare Hoffnung bestand darin, daß ihr Boot, falls sich der Nebel höbe, vielleicht zufällig einem großen Schiff der weißen Menschen begegnete. Vom Hörensagen wußte er, daß weiße Männer bisweilen in diesen Gewässern auftauchten – sie

fuhren aus unbekannten fernen Ländern über den Ozean in andere unbekannte ferne Länder. Er selbst war ihnen nie begegnet, doch die Kaufleute, die alles wissen, hatten davon erzählt, manche behaupteten sogar, sie seien selber schon auf diesen Schiffen der weißen Männer gefahren, die riesig seien wie Berge. Nur an ein solches Wunder – daß sich das Wetter aufheiterte, daß ihre Wege sich kreuzten und daß die weißen Leute den selbstgefertigten kleinen Kajak im Ozean erblickten –, nur daran konnte sich ihre Hoffnung klammern, eine schwache und unwahrscheinliche, fast unmögliche zwar, und doch eine Hoffnung.
All das gedachte Emraijin dem Sohn darzustellen, bevor er ihn verließ. Er mußte Kirisk überzeugen, mußte ihm strengstens befehlen, im Boot zu bleiben bis zum letzten Atemzug, solange er noch bei Bewußtsein war. Und falls es ihm bestimmt war zu sterben, nachdem das Wasser zu Ende gegangen, dann sollte er im Boot sterben und sich nicht ins Meer stürzen, wie das Organ und Mylgun hatten tun müssen und auch er, der Vater, tun würde. Einen anderen Ausweg gab es nicht. Er mußte sich dreinschicken, mußte die Grausamkeit des Schicksals hinnehmen ... Doch bei dem Gedanken, daß der Junge in dem Boot einsam der ganzen Welt ausgeliefert blieb, dazu verurteilt, im undurchdringlichen Nebel, im endlosen Meer langsam an Durst und Hunger zugrunde zu gehen, packte Emraijin Verzweiflung. Damit konnte er sich nicht abfinden, das überstieg seine Kraft. Und er ertappte sich bei dem Gedanken, er könne den Sohn nicht allein lassen – lieber mit ihm zusammen sterben ...
Bald wurde es vollends finster. Wieder breitete sich pechschwarze Nebelnacht über das Meer. War es schon am Tag sinnlos, durch den Nebel ins Ungewisse zu fahren – um wieviel weniger Sinn hatte das in der Nacht! Das Boot schaukelte sacht an einem Fleck. Und wiederum deutete nichts darauf hin, daß das Wetter umschlug. Das Meer lag wie tot.
Vater und Sohn lagerten sich für die Nacht auf den Boden des Bootes, eng aneinandergepreßt. Schlaf fand keiner von beiden. Von Durst und Hunger geplagt, grübelte jeder, was ihn wohl erwartete ...
Neben dem Vater liegend, spürte Kirisk deutlich, wie diesen die letzten Tage entkräftet hatten, wie abgezehrt sein Körper war und

wie erschöpft. Nur der Bart hatte sich nicht verändert, war noch stark und geschmeidig. An den Vater geschmiegt, heimliche Tränen schluckend vor Mitleid mit ihm, erfuhr der Junge in dieser Nacht eine solch ursprüngliche Sohnesliebe, wie er sie bislang nie gekannt hatte. Mit Worten hätte er dieses Gefühl nicht ausdrücken können, es ruhte tief in seinem Herzen, seinem Blut, seinem Herzschlag. Früher war er immer stolz gewesen, daß er dem Vater glich, hatte ihn nachgeahmt und geträumt, so zu werden wie er, jetzt aber wurde ihm bewußt: Der Vater, das war er selber – sein Ursprung, und er war die Fortsetzung des Vaters. Daher tat ihm der Vater schmerzhaft leid, genauso wie er sich selbst. In allem Ernst beschwor er die blaue Maus, ihnen Wasser zu bringen – ihm und dem Vater.

«Blaue Maus, gib uns Wasser!
Blaue Maus, gib uns Wasser!»

Der Vater aber dachte bereits nicht mehr an Wasser für sich, obwohl es ihm von Stunde zu Stunde schwerer fiel, die Pein des ungestillten, ständig zunehmenden, physisch bereits unerträglichen Durstes zu erdulden. In seinem Innern brannte alles und verdorrte, geschüttelt von furchtbaren, unabweisbaren Krämpfen. Sein Kopf begann zu dröhnen. Jetzt verstand er die letzten Qualen Mylguns. Und doch beschäftigte anderes seine Gedanken. Nach Wasser zu lechzen war für ihn schon sinnlos geworden. Längst hätte er diese ausweglose Plage beendet, wäre nicht der Sohn gewesen, hätte er es übers Herz gebracht, den Sohn zu verlassen, der sich an ihn kuschelte in dieser finsteren letzten Nacht. Den Sohn – und gäbe es nicht die geringste Aussicht auf seine Rettung! – bis an die Grenze des Möglichen zu behüten, das Leben des Sohnes – sei es auch um die geringste Frist! – zu verlängern, wurde für den Vater zum Inhalt des Todeskampfes und der Hoffnung, diesem Ziel galten sein letzter Wille und seine letzte Tat; und deswegen mußte er schnellstens das Boot verlassen. Aber gerade um des Sohnes willen konnte er sich nicht dazu entschließen, fürchtete er doch, ihn der Willkür des Schicksals auszusetzen. Indessen wurde auch ein Zögern, ein Hinausschieben gefährlich – es schwanden seine letzten Kräfte, und er brauchte sie, um Mut zu fassen ...

Des Vaters Lebenszeit verrann ...

Wie nur, mit welchen Worten sollte er Kirisk das erklären? Wie ihm sagen, daß er ihn verließ – um seinetwillen?

Des Vaters Lebenszeit verrann ...
«Vater!» flüsterte plötzlich der Junge, als erriete er seine Gedanken, schmiegte sich noch enger an ihn und beschwor seine blaue Maus:

«Blaue Maus, gib uns Wasser!
Blaue Maus, gib uns Wasser!»

Mit zusammengebissenen Zähnen stöhnte Emraijin auf vor Gram und wagte kein Wort. In Gedanken nahm er Abschied vom Sohn, und je länger dieser Abschied dauerte, desto schwerer, desto qualvoller raffte er sich auf zum letzten Schritt. In dieser Nacht begriff er den Sinn seines vergangenen Lebens, das sich in dieser Nacht vollendete. Er war geboren worden, und er starb, um alles zu tun, damit er im Sohn weiterlebte. Daran dachte er in jener Stunde, da er schweigend Abschied nahm vom Sohn. Emraijin machte die Entdeckung, daß er sein Leben lang der gewesen war, der er war, damit er – bis zum letzten Atemzug – in seinem Sohn fortlebte. Und er hatte nur deshalb nicht eher daran gedacht, weil es vorher dafür nie einen Grund gegeben hat.
Plötzlich entsann er sich. Auch früher schon hatte ihn dieser Gedanke bisweilen durchblitzt. Indem er sich erinnerte, begriff er jetzt, was ihm dereinst geschehen war, als er mit dem verstorbenen Mylgun und anderen Gefährten im Wald einen riesigen Baum fällte. Der Baum neigte sich bereits, er selbst aber stand in jenem Augenblick zufällig dort, wohin dieser gefällte Gigant stürzte, um weit und breit alles zu zermalmen. Alle schrien wie aus einem Mund: «Achtung!»
Emraijin erstarrte vor Schreck, aber zu spät: Krachend, unter dem Gepolter der niederbrechenden Krone, den Himmel selbst ein- und umstürzend, in die grüne Waldesdecke droben ein Loch reißend, fiel der Baum langsam auf ihn. In diesem Moment dachte er nur an eines: daß Kirisk – damals noch ein kleiner Junge und das einzige Kind, Psulk war noch nicht geboren – in jenen wenigen Sekunden, an der Schwelle des unentrinnbaren Todes dachte er nur an das eine und an nichts sonst: daß sein Sohn das war, worin er in der Welt bliebe. Der Baum stürzte mit Donnergetöse neben ihn und hüllte ihn in eine Wolke aus Blättern und Staub. Da schrien alle auf vor Erleichterung. Emraijin war am Leben geblieben, am Leben und unversehrt!

Während er sich jetzt daran erinnerte, begriff er, daß gerade die Geburt des Sohnes ihn zu dem gemacht hatte, der er war, und daß er nie Schöneres und Stärkeres empfunden hatte als seine Vaterliebe. Dafür war er den Kindern dankbar, vor allem aber dem Sohn, Kirisk. Gern hätte Emraijin Kirisk das gesagt, doch er wollte ihn nicht beunruhigen. Ohnehin hatte es der Junge schwer ...
Des Vaters Lebenszeit verrann ...

«Blaue Maus, gib uns Wasser!
Blaue Maus, gib uns Wasser!»

Des Vaters Lebenszeit verrann ...
Noch zwei, drei schöne Erinnerungen waren ihm geblieben, von denen er sich nur schwer trennte. Er wollte nicht den letzten Schritt tun, ohne an sie gedacht zu haben, obwohl die Zeit bereits drängte. Jetzt nahm er Abschied von seinen Erinnerungen, ständig wissend, daß es an der Zeit war, das Boot zu verlassen ...
Er hatte seine Frau von den ersten Tagen an geliebt. Erstaunlich, daß er, wenn er auf See war, das gleiche dachte wie sie zu Hause. So war es von Anbeginn. Sie wußte, was ihn beschäftigte, wenn er auf Fahrt war, wie auch er ihre Überlegungen kannte ... Diese Gedankenübertragung war ihr Geheimnis und ein Glück der Vertrautheit, von dem kein anderer wußte.
Als Kirisk noch nicht geboren war, sich aber die ersten Anzeichen einstellten, die sich bestätigen konnten oder auch nicht, sagte er unmittelbar nach seiner Rückkehr zur Frau: «Wird's ein Junge?»
«Pst, daß es die Kinren nicht hören!» flüsterte sie erschrocken, doch ihre Augen glänzten auf vor Freude. «Woher weißt du?»
«Du hast heute daran gedacht. Du wünschst es dir sehr.»
«Und du?»
«Du weißt doch, ich kenne deine Gedanken, und mich bewegte das gleiche.»
«Ich aber habe so gedacht, weil du daran dachtest und es dir sehr wünschtest ...»
Ihr Vorgefühl hatte nicht getrogen. Kirisk war noch nicht auf der Welt, sollte aber bald erscheinen. Der Zeitpunkt rückte immer näher. In jenen Tagen trug die Frau seine alten Fellhosen, die schon manches mitgemacht hatten und vor Flicken nur so strotzten. Das tue sie deshalb, erklärte sie, damit sein männlicher Geist bei ihr

bleibe, wenn er auf Fang ausziehe, sonst wüchse der schlecht, den sie erwarteten. Wunderschön und begehrenswert war damals die Frau für ihn in den alten Fellhosen. Die Allerschönste und Begehrenswerteste!

Herrlich, von Erregung und Freude bewegt, waren jene Tage, da ihre Sinne schon von dem erfüllt waren, der sie zu Vater und Mutter machen sollte ... Das war Kirisk ...

Von ihm und von allem, was mit ihm verbunden war, mußte er sich jetzt für immer trennen.

Einmal, Kirisk war schon größer, hatte sich die Mutter über ihn geärgert und gesagt, sie habe es viel besser gehabt, als es ihn noch nicht gab.

Das hatte den Jungen tief verletzt.

«Wo war ich denn, als es mich noch nicht gab?» setzte er dem Vater zu, als dieser vom Meer heimkehrte.

Nein, war das drollig! Emraijin und seine Frau hatten lautlos gelacht, nur mit den Augen. Vor allem die Frau hatte ihren Spaß daran gehabt, daß er keine Antwort wußte, sich wand und dem Jungen nicht erklären konnte, wo er war, als es ihn noch nicht gab.

Jetzt hätte der Vater ihm gesagt, er sei in ihm gewesen, als er noch nicht auf der Welt war, in seinem Blut, in seinen Lenden, von da sei er in den Leib der Mutter geflossen und dort als sein Ebenbild entstanden, nun aber, da er selbst verschwände, bliebe er im Sohn, um in dessen Kindern und Kindeskindern erneut Gestalt anzunehmen ...

Ja, so hätte er es ihm erklärt, und er wäre glücklich gewesen, gerade das vor dem Tod auszusprechen, doch nun nahte das Ende. Das Ende für sein Geschlecht. Allenfalls einen Tag, höchstens zwei hatte Kirisk noch zu leben, mehr nicht, der Vater begriff es nur zu gut. Damit konnte er sich nicht aussöhnen, das war sein Unglück – nicht, daß er das Boot um des Sohnes willen verlassen mußte ...

Gern hätte Emraijin dem Sohn zum Abschied aufgetragen, in der ihm noch vergönnten Frist dankbar des alten Organs und Aki-Mylgun zu gedenken. Die beiden lebten nicht mehr, ihnen war es gleich, ob jemand ihrer gedachte oder nicht, das mußte man schon um seiner selbst willen tun ... Sogar angesichts des Todes.

Noch im Sterben mußte man um seiner selbst willen an solche Menschen denken.
Doch dann meinte Emraijin, der Sohn käme vielleicht von allein darauf …

Als Kirisk erwachte, wunderte er sich, daß er wärmer lag als in den vergangenen Nächten. Er war mit dem Fellhemd des Vaters zugedeckt. Der Junge schlug die Augen auf, hob den Kopf – der Vater war nicht im Boot. Er fuhr hoch, tastete das Boot ab und schrie auf vor Entsetzen, erfüllte mit seinem Klageruf die lautlose Öde des nebelverhangenen Meeres. Lange gellte sein einsamer Schrei der Verzweiflung und des Schmerzes. Er weinte bitterlich, bis zur Erschöpfung, sank dann auf den Boden des Bootes, röchelnd und mit zuckendem Kopf. Alles schwang darin mit – sein Dank an die Väter, von denen er stammte, seine Liebe, sein Leid, seine Wehklage um sie …
Der Junge lag auf dem Boden des Bootes, ohne den Kopf zu heben, ohne die Augen zu öffnen. Wohin sollte er auch schauen, was konnte er schon tun. Weit und breit lag noch immer weißlicher Nebel, nur das Meer hatte begonnen, sich unentschlossen zu regen, es schaukelte und drehte das Boot auf der Stelle.
Kirisk weinte verzweifelt, machte sich Vorwürfe, weil er eingeschlafen war, denn wäre er nicht eingeschlummert, hätte er den Vater um nichts in der Welt fortgelassen, mit Händen und Zähnen hätte er sich an ihn gekrallt, mochten sie beide zusammen zugrunde gehen, mochten sie schneller verdursten und verhungern, wenn er nur nicht allein bliebe in der schrecklichen Einsamkeit. Weinend beschimpfte er sich, beschuldigte er sich, weil er nicht erwacht, nicht hochgesprungen war, nicht aufgeschrien hatte, als er mitten in der Nacht merkte, wie das Boot heftig ruckte und schwankte von einem starken Stoß. Hätte er denn zugelassen, daß sich der Vater ins Meer warf? Zusammen mit ihm hätte er sich in diesen schwarzen Abgrund gestürzt!
Dann aber nickte er allmählich ein, tränenüberströmt und am ganzen Leibe zitternd. Bis ihn nach einiger Zeit mit solcher Macht wieder der Durst überfiel, als wolle der sich rächen für seine kurze Verdrängung durch den Kummer. Sogar im Schlaf spürte er, wie er unter dem Wassermangel ermattete und litt. Der Durst verzehrte,

peinigte, würgte ihn. Da kroch er fast blindlings zu dem Fäßchen, gewahrte, der Stopfen war geringfügig gelockert, damit er ihn leichter herausziehen konnte, und die Kelle lag daneben. Er goß sich Wasser ein und trank, ohne an etwas zu denken, löste so die verklebten Lippen und den Krampf in der Kehle. Wollte sich dann nachgießen und noch etwas trinken, überlegte es sich jedoch anders, fand die nötige Kraft. Wasser blieb nun noch für zweimal Trinken...

Nun saß er verzagt da und grübelte, warum der Vater gegangen war, ohne etwas zu sagen. Wäre es ihm nicht leichter gefallen, mit dem Vater zusammen zu ertrinken, als jetzt, da Einsamkeit und Furcht ihm Hände und Füße fesselten und er Angst hatte, von Bord des Bootes zu gehen? Er beschloß, das zu tun, sowie er den Mut aufbrächte...

Es war bereits Mittag, vielleicht sogar etwas später. So schien es Kirisk nach dem sich lichtenden Nebel. Sicher stand die Sonne irgendwo im Zenit. Doch ihre Strahlen durchdrangen immer noch nicht das Massiv des über dem Ozean erstarrten Großen Nebels. Der Nebel wurde zwar heller, wurde bläulich wie der Rauch von dürrem Holz. Trotzdem sah man im Umkreis von etlichen Bootslängen nichts als dunkles wogendes Wasser.

Wohin wollte er auch fahren, ohnehin käme er jetzt mit den Rudern nicht zurecht! Kummervoll betrachtete er des Vaters und Mylguns Ruder, die ordentlich an der Bordwand lagen. Der Kajak trieb nun von allein, bewegte sich im Nebel, unbekannt, wohin. Und von allen Seiten umgab den Jungen Einsamkeit, herrschte ausweglose Angst, die sein Herz gefrieren ließ.

Später, gegen Abend, überfiel ihn erneut unerträglicher Durst. Ihn schwindelte vor Hunger und Schwäche. Er mochte sich weder bewegen noch umsehen. Wohin wollte er auch sehen und warum? Fiel es ihm doch sogar schwer, auch nur zum Wasserfäßchen zu kriechen. Er rutschte auf den Knien, mußte anhalten vor Erschöpfung. Gewiß würde er sich bald nicht einmal mehr rühren können. Er hielt eine Hand vors Gesicht und erschrak: Sie war eingeschrumpelt wie das getrocknete Fell eines Erdeichhörnchens.

Diesmal trank Kirisk mehr, als er gedurft hätte. Nun blieb nur noch ein letzter Rest auf dem Boden, für einmal reichte es noch, dann war Schluß. Endgültig. Aber jetzt war ihm alles gleich. Trotz allem wollte er trinken, unentwegt trinken. Der brennende Hunger hatte sich gelegt, im Magen bohrte ein unstillbarer, wütender Schmerz.

Einige Male verlor er die Besinnung, doch er kam wieder zu sich. Das Boot aber trieb steuerlos, schwamm im Nebel, bewegt von einer aufgelebten Strömung.

Einmal beschloß er ernsthaft, sich ins Meer zu stürzen. Doch ihm fehlte die Kraft. Er erhob sich zwar auf die Knie, überwand jedoch nicht den Bootsrand. Und so hing er, die Arme herausgereckt, doch außerstande, den Körper aus dem Boot zu heben. Dann ermattete er derart, daß er nicht einmal versuchte, den Wasserrest im Fäßchen zu trinken.

Er lag auf dem Boden des Bootes, weinte leise und rief seine durststillende Maus:

«Blaue Maus, gib mir Wasser!»

Die blaue Maus aber kam nicht, nur sein Durst wurde immer heftiger. Und wieder entsann er sich jenes Sommers, da er einmal nackt im Bach gebadet hatte. Sieben Jahre war er damals gewesen, höchstens. Das war ein unglaublich heißer Sommer. Auf den Waldrand brannte die Sonne. Dort sammelten sie Beeren. Und dann badeten sie. Auch Mutter und ihre Schwester. Sie schämten sich nicht weiter vor ihm. Beide zogen sich aus, legten die Hände an die Brüste und gingen mit braunschimmernden Hüften ängstlich hinein in den Bach. Stießen sonderbare Schreie aus, kreischten und planschten im Wasser. Und als er den Bach entlanglief und vom Ufer ins Wasser sprang, machten sie sich über ihn lustig, vor allem die Mutter. Sieh nur, sieh, sagte sie zur Schwester, diese Ähnlichkeit, haargenau der Hausherr! Und noch etwas anderes tuschelten sie einander mutwillig zu und lachten ausgelassen … Das Wasser im Bach aber floß unaufhaltsam, man konnte sich satt trinken und nach Herzenslust baden …

«Blaue Maus, gib mir Wasser!»

Er wähnte sich wieder an jenem Bach. Wieder glaubte er an einem heißen Sommertag nackt zu baden. Da läuft er am Ufer entlang, springt ins fließende Wasser, spürt jedoch nicht die Kühle der Flut. Bald ist dort ein nicht wahrnehmbares, unwirkliches Wasser, bald Nebel. Er badet im Nebel. Ihn fröstelt in solch einem Wasser. Die Mutter aber lacht nicht, sie weint. Sieh nur, sieh, diese Ähnlichkeit! sagt sie zu jemandem und weint, weint bitterlich ... Ihre Tränen sind salzig, rinnen über ihr Gesicht ...

Nachts erwachte Kirisk vom Wiegen und Rauschen der Wellen. Leise schrie der Junge auf – über ihm leuchteten Sterne! Das erste Mal in all den Tagen. Sie funkelten hoch am dunklen Himmel, blickten durch die Wolken, die überm Meer dahineilten. Sogar der Mond zeigte sich einige Male, tauchte aber alsbald wieder in Gewölk.

Der Junge war verblüfft – Sterne, Mond, Wind, Wellen – Leben, Bewegung! Und obwohl sich noch Nebelschwaden hielten und alles wieder in trübes Dunkel tauchte, wenn das Boot an solche Stellen geriet, währte das nicht lange. Der Große Nebel war in Fluß geraten, hatte sich aus seiner Erstarrung gelöst, begann sich zu zerstreuen, gejagt von Wind und Wellen.

Der Junge blickte zu den Sternen, Tränen in den Augen. Ihm fehlte die Kraft, nach den Rudern zu greifen, er wußte nicht, wie er nach den Sternen den Weg finden könnte, wußte nicht, wohin er fahren sollte, wußte nicht, wo er sich befand und was seiner harrte, und dennoch war er froh über das Rauschen der dahineilenden Wellen, über den aufgesprungenen Wind, war er froh, daß die Wellen das Boot forttrugen.

Er weinte vor Freude und Leid, weinte, weil die Welt aufgeklart, das Meer in Bewegung geraten und weil er, hätte er nur Trinkwasser und Nahrung gehabt, dieses Leben noch hätte lieben können. Doch er begriff, er schaffte es nicht mehr, sich zu erheben, seine Tage waren gezählt, und er würde bald zugrunde gehen an Durst ...

Das Boot aber schwamm immer flinker auf den Wellen. Es schwamm mit der Strömung, ohne Steuer und ohne Ruder. Schon zeichnete sich über dem Meer der Horizont ab, immer weiter dehnte sich der nächtliche Raum, immer seltener tauchte das Boot in Nebelschwaden. Und die vorbeiziehenden Dunstwogen waren längst nicht mehr so schwarz und bedrückend. Jetzt schien der Nebel von lautlos dahinjagenden Fabelwesen aufgewühlt. Sie erstanden und verschwanden von selbst im Wind, lösten den Nebel und stießen ihn beiseite.

Sooft der Mond aus den Wolken trat, sprenkelte sich die Wasserfläche, funkelte lebendig, bis sie wieder erlosch, um sich erneut zu beleben. Der Junge blickte zu den schweigsam leuchtenden Sternen und dachte: Welche sind wohl Schutzsterne? Wo ist der Stern von Atkytschch Organ, wo der Stern von Aki-Mylgun und wo der Stern meines Vaters Emraijin? Ihr wart nicht zu sehen all die Tage. Und uns konntet ihr nicht erblicken im Nebel. Jetzt, ihr Sterne, bin ich allein, und ich weiß nicht, wohin ich schwimme. Aber jetzt fürchte ich mich nicht, denn ich sehe euch alle am Himmel. Nur weiß ich nicht, welcher Stern – wessen Stern ist. Ihr seid nicht schuld, daß es so gekommen ist. Ihr habt uns ja nicht gesehen auf dem Meer. Der Große Nebel hat uns verdeckt. Nun bin ich allein. Sie sind weggeschwommen, sind alle drei weggeschwommen. Sie haben euch sehr geliebt, ihr Sterne. Lange haben sie gewartet, wollten euch so gern sehen, um den Weg zum Land zu finden. Atkytschch Organ hat gesagt, Sterne täuschen nie. Er wollte mich lehren ... Doch ihr seid nicht schuld, daß es so gekommen ist. Auch ich werde bald sterben. Ich habe kein Wasser mehr, bin schon völlig erschöpft, und ich weiß nicht, wohin ich schwimme ... Einen Rest Wasser habe ich noch, einen winzigen Rest, den trinke ich jetzt, länger ertrage ich es nicht, ich kann nicht mehr. Heute habe ich ein Stück von dem leeren Dörrfischsack gekaut, er ist aus Robbenfell. Aber jetzt kann ich nicht mehr, mir ist übel, mein Magen dreht sich um davon ... Gleich trinke ich das letzte Wasser. Und sollten wir uns nicht wiedersehen, will ich euch Sternen sagen, Atkytschch Organ und Aki-Mylgun und mein Vater Emraijin haben euch sehr geliebt ... Halte ich durch bis zum Morgen, nehme ich später Abschied ...

Bald geriet das Boot erneut in ein breites Nebelfeld. Alles verschwand, tauchte erneut in Dunkel. Das Boot aber schwamm weiter, getrieben von Wind und Wellen. Kirisk war es gleich. Nachdem er den Rest des endgültig fauligen, muffigen Wassers getrunken hatte, blieb er neben dem leeren Fäßchen am Heck liegen, dort wo zuvor der alte Organ gesessen hatte. Er erwartete den Tod, und der Nebel schreckte ihn nicht mehr. Ihm tat nur leid, daß er die Sterne nicht mehr sah und er sich wohl von ihnen nicht mehr verabschieden könnte ... Ihm wurde schlechter und schlechter ...

So dämmerte er, halb im Fieberwahn und halb im Schlummer, und merkte nicht, wie die Zeit verrann. Vielleicht war Mitternacht schon vorbei, vielleicht näherte sich die Nacht dem Ende. Schwer zu sagen. Dunst breitete sich über das Meer wie Rauch bei Wind. Schicksal bleibt Schicksal. Der Junge konnte es hören, konnte es auch überhören. Er hörte es. Zu seinen Häupten hörte er plötzlich Flügel rauschen, etwas überflog das Boot tief im Nebeldunst. Er fuhr zusammen und erkannte im selben Augenblick, daß es ein Vogel war, ein großer, kräftiger Vogel, der da mit breiten Schwingen schlug.

«Agukuk!» schrie er. «Agukuk!» Blitzschnell erfaßte er die Flugrichtung der Polareule, prägte sich ein, woher der Wind wehte. Der Wind kam von links, blies von links in den Nacken, ein wenig hinter dem linken Ohr. «Agukuk!» schrie er dem Vogel nach und hielt auch schon Organs Steuer in der Hand, um das Boot dorthin zu lenken, wohin die Eule geflogen war.

Kirisk klammerte sich an das Steuerruder, nahm alle Kraft zusammen, die ihm geblieben war, und dachte nur noch an den Wind und an die Flugrichtung der Eule.

Ungewiß blieb, woher die Polareule gekommen war und wohin sie flog. Ob von einer Insel aufs Festland oder vom Festland auf irgendeine Insel. Kirisk aber hatte nicht vergessen, was der alte Organ erzählt hatte – dieser Vogel überquert das Meer nur auf geradem Weg. Es ist ein äußerst kräftiger Vogel, er fliegt in der Nacht und bei Nebel. Nun folgte er ihm.

Das Boot schwamm von Woge zu Woge. Beharrlich blies der Wind. Der Nebel lichtete sich, verwehte, schon wurde es heller am Horizont. Vor ihm, unmittelbar vor ihm, am dunkelblauen Himmelsgewölbe, leuchtete ein einsamer, strahlender Stern. Kirisk gewahrte, der Stern stand gerade dort, wohin er die Bootsnase lenkte. Und er erriet, daß er auf ihn zuhalten mußte, ihn beobachten und ihm entgegenfahren, denn dorthin, auf ihn zu, war die Agukuk geflogen. Er kannte den Stern nicht, doch jetzt ließ er ihn nicht mehr aus dem Auge und spürte in seinem Nacken noch den Wind – seine Richtung, seine Kraft, seinen Strom.

Halt dich, Wind, geh nicht fort. Ich weiß nicht, wie du heißt, das hätte mir Atkytschch Organ sagen können. Aber sei mein Bruder. Geh nicht weg, dreh dich nicht. Du kannst dich doch lange so halten, wenn du willst. Hilf mir, Wind, geh nicht weg. Ich werde

schon erfahren, wie du heißt, und dich beim Namen rufen. Oder soll ich dich Wind Organ nennen? Nach meinem Atkytschch Organ? Ja, so will ich dich fortan rufen – Wind Organ. Dann kennst du mich …
So beschwor er seinen Fahrtwind, redete ihm zu, sich zu halten, flößte ihm seinen ganzen Willen ein, seine Seele. Und ließ dabei den Schutzstern nicht aus dem Auge, dem er entgegenfuhr. Ich liebe dich, Stern, sagte er zu ihm, Du stehst so hoch am Himmel, weit vor mir. Du bist der allergrößte und schönste Stern. Ich bitte dich, geh nicht weg, bleib an deinem Platz, erlisch nicht. Ich fahre dir entgegen. In deine Richtung ist auch die Agukuk geflogen, ich weiß nicht, ob zu einer Insel oder zum Land. Aber selbst wenn es eine Insel ist, will ich lieber auf einer Insel sterben. Geh nicht fort, erlisch nicht, Stern. Ich weiß nicht, wie ich dich nennen soll, sei nicht böse, Stern. Ich habe deinen Namen noch nicht gelernt. Vater Emraijin hätte ihn mir sagen können. Wenn du magst, gebe ich dir den Namen des Vaters, will ich dich Stern Emraijin rufen. Und zeigst du dich am Himmel, werde ich dich grüßen und deinen Namen flüstern. Du aber hilf mir, Stern Emraijin, geh nicht weg vor der Zeit, erlisch nicht, verbirg dich nicht plötzlich hinter einer Wolke!
So beschwor er seinen Schutzstern. Und dann flehte er die Wogen an: Wellen, ihr treibt jetzt meinen Kajak, ihr seid jetzt gut. Ich will euch Aki-Mylgun-Wellen nennen. Ihr rollt dorthin, wohin die Eule geflogen ist. Ihr könnt doch so lange dorthin, eurem Ziel entgegenrollen. Geht nicht fort, Aki-Mylgun-Wellen, irrt nicht ab vom Weg. Ich würde ja rudern, bin aber völlig entkräftet. Ihr seht doch, ich fahre, wie ihr es wollt. Bleibe ich am Leben, werde ich für immer wissen – ihr folgt dem Wind Organ und dem Stern Emraijin. Und ich will es allen erzählen: Aki-Mylgun-Wellen auf See bringen Glück! Helft mir, Aki-Mylgun-Wellen! Geht nicht fort, laßt mich nicht im Stich …

Inmitten all der Sterne leuchtete am längsten der Stern Emraijin. Gegen Morgen blieb er allein am Himmelsgewölbe. Gegen Morgen glänzte er mit hellem, klarem Schein, erlosch dann allmählich, als der neue Tag graute, war aber noch lange am Himmel zu sehen als zarter weißer Fleck.

So wurde es Tag. Dann ging die Sonne auf überm Meer. Kirisk frohlockte und erschrak. Frohlockte über die Sonne und erschrak über die unermeßliche Weite des Meeres. In der Sonne blau schillernd, wirkte es fast schwarz und unendlich verlassen. Krampfhaft hielt sich der Junge am Steuer fest, versuchte, nach der Erinnerung zu fahren, ohne den Rückenwind zu verlieren. Das war ermüdend ...

Er nahm noch wahr, wie sich plötzlich alles in seinem Kopf drehte, wie alles vor den Augen verschwamm ...

Das Boot aber trieb weiter ...

Die Sonne war bereits an den andern Himmelsrand gewandert, als der Junge wieder zu sich kam. Er raffte sich zusammen, stützte sich mit bebenden Armen auf, kroch mühsam auf die Heckbank und erstarrte mit geschlossenen Augen, bis das Schwindelgefühl verging. Dann öffnete er die Augen. Das Boot schwamm mit den Wellen. Und das Meer flimmerte noch immer, so weit er sehen konnte, flimmerte mit zahllosen Lichtreflexen seines lebendigen, bewegten Wassers. Kirisk blickte nach vorn, rieb sich die Augen und konnte es nicht fassen. Über den dunkelgrünen Meeresbukkel, geradewegs auf ihn zu, kam der *Scheckige Hund* geschwommen. Der *Scheckige Hund* eilte ihm entgegen! Der *Große Schekkige Hund!*

Schon zeigte sich das Ufer als graublauer bergiger Streifen am Meeresrand. Der *Scheckige Hund* aber mit seinen weißen Ohren und weißen Pfoten überragte alle Hügel, und schon erschien der kochende Gischtsaum der ewigen Brandung zu seinen Füßen. Schon schwirrten durch die Luft die Schreie der Ufermöwen. Die Möwen hatten ihn zuerst bemerkt. Über dem Hügel aber schlängelte sich der blaue Rauch des am Steilhang verglimmenden Signalfeuers ...

Scheckiger Hund, der du am Meer entlangläufst, allein kehr ich zu dir zurück –
ohne Atkytschch Organ,
ohne Vater Emraijin,
ohne Aki-Mylgun.
Frag mich, wo sie sind,
aber erst gib mir zu trinken ...

Kirisk begriff, das waren die Anfangszeilen seines ureigenen Liedes, mit dem er leben würde bis ans Ende seiner Tage …

Tosend, verzweifelt stürmte das Meer im Dunkel immer wieder gegen die Klippen an und zerschellte. Qualvoll stöhnte die steinharte Erde, während sie die Angriffe des Meeres abwehrte.
So liegen sie im Widerstreit seit dem Schöpfungsakt – seit der Tag zum Tag wurde und die Nacht zur Nacht; und so wird es fernerhin sein, alle Tage und alle Nächte, solange es Erde und Wasser gibt, im ewigen Zeitenlauf.

Alle Tage und alle Nächte …

Eine neue Nacht verrann …

Es rauschte über dem Meer der Wind Organ, es rollten übers Meer die Aki-Mylgun-Wellen, und es leuchtete am Rande des lichter werdenden Himmelsgewölbes der strahlende Stern Emraijin.
Ein neuer Tag brach an …

*Baitik, Dezember 1976–Januar 1977*